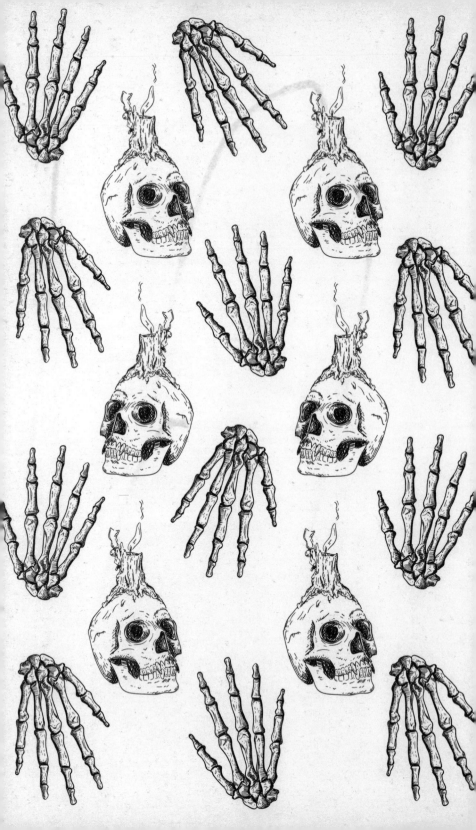

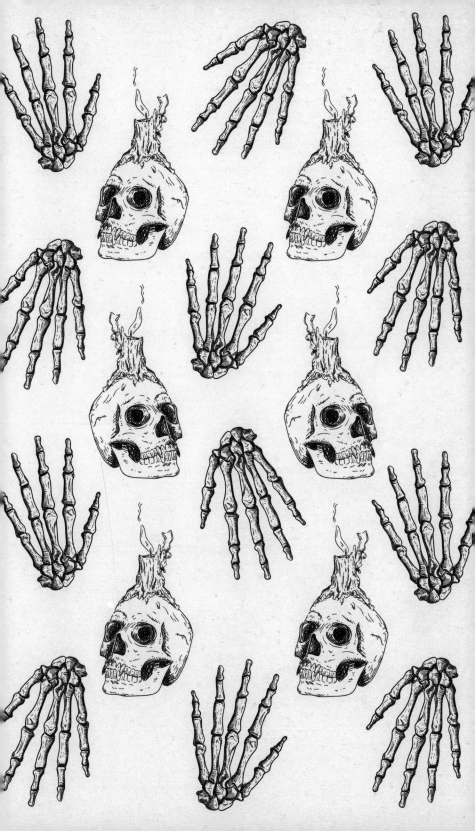

HISTORIAS DE MIEDO PARA CONTAR EN LA OSCURIDAD 3

MÁS HISTORIAS QUE TE HELARÁN LA SANGRE

GRANTRAVESÍA

HISTORIAS DE MIEDO PARA CONTAR EN LA OSCURIDAD 3

MÁS HISTORIAS QUE TE HELARÁN LA SANGRE

Recogidas del folklore popular y adaptadas por

Alvin Schwartz

Con ilustraciones de

Brett Helquist

GRANTRAVESÍA

HISTORIAS DE MIEDO PARA CONTAR EN LA OSCURIDAD 3

Título original: *Scary Stories 3: More Tales to Chill Your Bones*

Texto © 1991, Alvin Schwartz

Ilustraciones © 2011, Brett Helquist

Publicado según acuerdo con International Editors' Co.
y Curtis Brown, Ltd.

Traducción: José Manuel Moreno Cidoncha

Diseño de portada: Torborg Davern

D.R. © 2017, Editorial Océano, S.L.
Milanesat 21-23, Edificio Océano
08017 Barcelona, España
www.oceano.com

D. R. © 2017, Editorial Océano de México, S.A. de C.V.
Eugenio Sue 55, Col. Polanco Chapultepec
C.P. 11560, Miguel Hidalgo, Ciudad de México
www.oceano.mx
www.grantravesia.com

Primera edición: 2017

ISBN: 978-607-527-140-8

IMPRESO EN MÉXICO / *PRINTED IN MEXICO*

ÍNDICE

Para Justin

A. S.

LOS HOMBRES BU

La chica llegaba tarde a casa para cenar, de modo que tomó un atajo a través del cementerio. Pero, oh, eso la ponía nerviosa. Cuando vio a otra chica delante de ella, se apresuró para alcanzarla.

—¿Te importa si camino contigo? —le preguntó—. Andar por el cementerio en la noche me asusta.

—Sé lo que quieres decir —repuso la otra chica—. Solía sentirme de esa manera cuando estaba viva.

Nos asustan todo tipo de cosas.

Los muertos nos asustan, porque un día también moriremos. La oscuridad no asusta, porque no sabemos lo que aguarda ahí fuera. Por la noche, el rumor de las hojas, o el crujido de las ramas, o el susurro de alguien, nos hace sentir incómodos. Lo mismo ocurre cuando oímos pasos, o cuando creemos ver figuras extrañas en las sombras: tal vez un ser humano o un animal grande, o algo horrible que apenas podemos distinguir.

La gente llama a estas criaturas que creemos ver, "hombres bu".[1] Nos los imaginamos, según dicen. Pero de vez en cuando un "hombre bu" se convierte en un ser real.

También nos asustan los acontecimientos extraños. Por ejemplo, si oímos hablar acerca de un niño o una niña criados por un animal, un ser humano como nosotros que grita y aúlla y corre a cuatro patas. Sólo pensar en ello nos eriza la piel. O si escuchamos sobre insectos que anidan en el cuerpo de una persona, o una pesadilla que se torna realidad, se nos hiela la sangre. Porque, si tales cosas suceden realmente, entonces podrían ocurrirnos a nosotros.

Las historias de miedo surgen también a partir de dichos temores. Éste es el tercer libro que he compilado con este tipo de historias. Supe de algunas de ellas gracias a personas con las que me encontré. He hallado otras —escritas— en archivos de folklore y en bibliotecas. Como siempre hacemos con las historias que aprendemos, ahora las cuento a mi manera.

Algunas de las historias de este libro han surgido recientemente. Sin embargo, otras han formado parte de nuestro folklore desde que tenemos conocimiento.

---

1 El *Boo man* sería el equivalente al hombre del saco en nuestra cultura popular.

"Boo" es un eufemismo utilizado para referirse al diablo. Por lo tanto, estrictamente, sería el hombre del diablo. [N. de T.]

Como una persona la transmite a otra, los detalles pueden haber cambiado. Sin embargo, la historia en sí, no, puesto que lo que una vez asustó todavía hoy sigue produciendo terror.

En un principio pensé que una de las historias que había encontrado era una narración moderna, es la que he titulado "La parada del autobús". Entonces descubrí una historia similar que se había contado dos mil años antes en la antigua Roma. Pero la joven mujer protagonista se llamaba Philinnion, y no Joanna, como aparece en nuestra historia.

¿Los relatos contenidos en este libro son verdaderos? La que nombré "El problema" sucedió. No puedo estar seguro acerca de las demás. Es posible que la mayoría tenga, al menos, algún grado de verdad, puesto que a veces ocurren cosas extrañas, y a la gente le encanta hablar de ellas, convirtiéndolas incluso en mejores historias que contar.

Hoy día, el grueso de la gente dice no creer en fantasmas y fenómenos extraños. Sin embargo, aún tememos a los muertos y la oscuridad; aún vemos al hombre del saco aguardando entre las sombras; y aún contamos historias de miedo, como hemos hecho desde siempre.

ALVIN SCHWARTZ
Princeton, Nueva Jersey

CUANDO LLEGA LA MUERTE

Cuando llega la Muerte,
normalmente es el final de la historia.
Pero en estas narraciones es sólo el comienzo...

LA CITA

Un muchacho de dieciséis años de edad trabajó en la granja de caballos de su abuelo. Una mañana fue en camioneta al pueblo para hacer un mandado. Mientras caminaba por la calle principal, vio a la Muerte. La Muerte lo miró y quiso acercarse a saludar.

El muchacho condujo de regreso a la granja lo más rápido que pudo y le dijo a su abuelo lo que había sucedido.

—Préstame la camioneta —le rogó—. Iré a la ciudad, allí nunca me encontrará.

El abuelo accedió y el muchacho se alejó a bordo de la camioneta. Cuando se hubo marchado, el abuelo fue al pueblo en busca de la Muerte. Cuando la encontró, le preguntó:

—¿Por qué asustas a mi nieto de esa forma? Sólo tiene dieciséis años, es demasiado joven para morir.

—Siento oír eso —respondió la Muerte—. No pretendía llamarlo. Sin embargo, me sorprendió encontrármelo aquí. Verá, esta tarde tengo una cita con él en la ciudad.

LA PARADA
DEL AUTOBÚS

Ed Cox regresaba en auto a casa en medio de una tormenta. Mientras esperaba a que el semáforo se pusiera en verde, vio a una joven mujer de pie junto a la parada del autobús. Ella no tenía paraguas y estaba totalmente empapada.

—¿Se dirige a Farmington? —preguntó él.

—Sí, voy hacia allá —respondió ella.

—¿Le gustaría que la llevara a casa?

—Sí, por favor —dijo ella, y entró al auto—. Mi nombre es Joanna Finney. Gracias por rescatarme.

—Soy Ed Cox —dijo él—, es un placer.

Durante el trayecto charlaron sin cesar. Ella le habló de su trabajo y su familia y de la escuela en donde había estudiado, y él hizo lo mismo. Para cuando llegaron a su destino, la lluvia había cesado.

—Me alegro de que lloviera —dijo Ed—. ¿Le gustaría dar un paseo mañana después del trabajo?

—Me encantaría —respondió Joanna.

Ella le pidió que la recogiera en la misma parada de autobús, ya que estaba cerca de su oficina. Salieron muchas veces después de eso y la pasaban muy bien juntos. Siempre quedaban en la parada del autobús y salían desde allí. A Ed le gustaba más cada día.

Pero una noche que se habían citado Joanna no apareció. Ed la esperó en la parada del autobús durante casi una hora.

—Quizás haya sucedido algo —pensó él, y se dirigió a su casa en Farmington.

Una mujer mayor abrió la puerta.

—Soy Ed Cox —dijo él—, tal vez Joanna le haya hablado de mí. Tenía una cita con ella esta noche. Se suponía que íbamos a encontrarnos en la parada del autobús cerca de su trabajo, pero ella no apareció. ¿Se encuentra bien?

La mujer lo miró como si hubiera escuchado algo extraño.

—Soy la madre de Joanna —replicó lentamente—. Joanna no está aquí ahora. Pero, ¿por qué no entra en casa un momento?

Ed señaló una fotografía que estaba sobre una repisa.

—Esa chica se parece a ella —dijo él.

—Una vez fue así —respondió su madre—. Pero esa fotografía fue tomada hace unos veinte años. Un día, cuando tenía su edad, ella se encontraba esperando bajo la lluvia junto a la parada del autobús. Un coche la golpeó y ella murió.

CADA VEZ MÁS RÁPIDO

Sam y su primo Bob fueron a caminar al bosque. Los únicos sonidos que se oían eran el crujir de las hojas y, de vez en cuando, el canto de las aves.

—Este lugar es tan tranquilo —susurró Bob.

Pero pronto eso cambió. Después de unos minutos los dos niños empezaron a gritar y a dar voces y a perseguirse el uno al otro. Sam se ocultó detrás de un árbol. Cuando Bob llegó, Sam saltó sobre él. Entonces Bob salió corriendo y se ocultó detrás de un arbusto. Cuando miró hacia abajo, a sus pies vio un viejo tambor.

—¡Sam! Mira lo que he encontrado —gritó Bob—.
Parece un tamtam. Seguro que tiene más de cien años.

—Mira esas manchas rojas —dijo Sam—. Apuesto
a que es la sangre de alguien. Salgamos de aquí.

Pero Bob no pudo resistirse a probar el tambor. Se
sentó en el suelo y lo sostuvo entre sus piernas. Lo
percutió con una mano y luego con la otra, lentamente
al principio, y cada vez más rápido, casi como si no
pudiera detenerse.

De pronto se oyeron gritos en el bosque y el sonido de cascos de caballo que golpeaban la tierra. Una
nube de polvo se elevó detrás de una hilera de árboles. Entonces unos hombres en montura se dirigieron
al galope hacia ellos.

—¡Bob! ¡Vamos! —gritó Sam y empezó a correr—.
¡Date prisa!

Bob dejó caer el tambor y corrió tras él.

Sam escuchó el tañido de un arco disparando una
flecha. Entonces oyó gritar a Bob. Cuando Sam se
giró, vio a Bob salir despedido hacia delante y caer
muerto. Pero no había una flecha en su cuerpo, ni
tampoco herida alguna. Y cuando la policía buscó, no
halló a los hombres a caballo, ni las huellas de los cascos, ni el tambor.

Los únicos sonidos que se oían eran el crujir de las
hojas y, de vez en cuando, el canto de las aves.

SIMPLEMENTE DELICIOSO

A George Flint le encantaba comer. Al mediodía
siempre cerraba durante dos horas su tienda de
fotografía e iba a su casa para disfrutar de un gran almuerzo que su esposa Mina preparaba para él. George
era muy agresivo y abusón, y Mina era una mujer
tímida que hacía todo lo que le pedía porque tenía
miedo de él.

Un día cuando iba a casa para almorzar, George se
detuvo en la carnicería y compró medio kilo de hígado.
Adoraba la carne de hígado. Le diría a Mina que la

cocinara para cenar esa noche. A pesar de todas sus quejas sobre ella, tenía que reconocer que era muy buena cocinera.

Mientras George comía su almuerzo, Mina le contó que una anciana adinerada había muerto en la ciudad. Su cuerpo se encontraba en la iglesia cercana, en un ataúd abierto. Cualquier persona que quisiera verla podía hacerlo. Como de costumbre George no estaba interesado en lo que Mina tenía que contarle.

—Debo regresar al trabajo —le dijo.

Cuando su marido se marchó, Mina comenzó a preparar el guisado de hígado. Añadió verduras y especias y lo cocinó a fuego lento toda la tarde, justo de la forma que le gustaba a George. Cuando ella pensó que estaba listo, cortó un poco y lo probó. Estaba delicioso, el mejor que había preparado jamás. Comió un segundo bocado, y un tercero. Estaba tan sabroso que no podía dejar de comer.

Sólo cuando todo el hígado hubo desaparecido ella pensó en George. Volvería a casa pronto. ¿Qué haría él cuando supiera que ella se había comido todo el hígado? Algunos hombres se habrían reído, pero George no. Él se enojaría y alteraría, y ella no quería hacer frente otra vez a esa situación. ¿Pero dónde podría conseguir otra porción de hígado a esa hora?

Entonces se acordó de la anciana que yacía en la iglesia cercana, a la espera de ser enterrada...

George le dijo que nunca había disfrutado de una cena mejor.

—Prueba un poco de hígado, Mina —le dijo él—. Está simplemente delicioso.

—No tengo hambre —dijo ella—. Cómelo tú.

Esa noche, después de que George se hubo recostado, Mina se sentó en la cama intentando leer. Pero todo en lo que podía pensar era en lo que había hecho. En ese momento le pareció escuchar la voz de una mujer.

—¿Quién tiene mi hígado? —preguntaba—. ¿Quién lo tiene?

¿Era su imaginación? ¿Estaba soñando?

Ahora la voz se oía más cerca.

—¿Quién tiene mi hígado? —preguntaba—. ¿Quién lo tiene?

Mina quería correr.

—No, no —susurró ella—. Yo no lo tengo. No tengo tu hígado.

Ahora la voz estaba justo al lado de ella.

—¿Quién tiene mi hígado? —preguntaba—. ¿Quién lo tiene?

A Mina se le heló la sangre de terror. Señaló a George.

—Él —dijo ella—. ¡Él lo tiene!

De repente la luz se apagó y George gritó, y siguió gritando.

¡HOLA, KATE!

Tom Connors se dirigía a un baile en otro pueblo. Debía emprender una larga caminata a través de campos y bosques. Pero era una tarde agradable y encantadora, y él adoraba bailar, así que a Tom no le importó.

Había recorrido una corta distancia cuando se percató de que una mujer joven lo seguía.

Tal vez vaya al baile, pensó, y se detuvo a esperarla. A medida que la mujer se acercaba, reconoció que se trataba de Kate Faherty. Habían bailado juntos muchas veces en el pasado.

Estaba a punto de decir: "¡Hola, Kate!", cuando de repente recordó que Kate estaba muerta. Había muerto el año pasado; sin embargo, allí estaba ella, vestida para el baile. Tom quiso correr, pero de alguna manera no le pareció correcto huir de Kate. Dio media vuelta y comenzó a alejarse lo más rápido que pudo, pero Kate lo siguió. Tomó un atajo a través del campo, pero aun así ella lo siguió.

Cuando llegó a la sala de baile, ella estaba justo detrás de él. Había una gran cantidad de personas aguardando en el exterior, así que Tom intentó perder a Kate entre la multitud. Se abrió camino a un costado del edificio y luego se apretó contra la pared detrás de algunas personas.

Pero Kate lo siguió. Se acercó tanto que alcanzó a tocarlo, y se quedó a su lado como si estuviera esperando algo. Él quería decir: "¡Hola, Kate"!, de la misma forma que había hecho cuando ella estuvo viva. Pero se encontraba tan asustado que no podía hablar. Sus ojos miraron en los de él, y ella se desvaneció.

EL PERRO NEGRO

Eran las once de la noche y Peter Rothberg estaba en su cama en el segundo piso de la vieja casa donde vivía solo. Hacía tanto frío que bajó a encender la calefacción.

Cuando Peter iba de regreso a la cama un perro negro bajó por las escaleras. Pasó a su lado y desapareció en la oscuridad.

¿De dónde has salido tú?, se dijo Peter. Nunca antes había visto a ese perro.

Encendió todas las luces y buscó en cada una de las habitaciones. No pudo encontrar al perro en ningún sitio. Salió al exterior e hizo entrar a los dos perros guardianes que tenía en el patio trasero. Pero ellos se comportaban como si fueran los únicos perros que había en casa.

A la noche siguiente, de nuevo a las once en punto, Peter estaba en su dormitorio, y oyó lo que parecía un perro caminando en la habitación sobre el techo encima de él. Se precipitó escaleras arriba y abrió la puerta. La habitación estaba vacía. Miró debajo de la cama. Miró en el armario. Nada. Pero cuando regresó a su habitación oyó a un perro que bajaba por las escaleras. Era el perro negro. Intentó seguirlo pero nuevamente fue incapaz de saber dónde había ido.

A partir de entonces, todas las noches a las once, Peter oía al perro caminar en la habitación que estaba encima de la suya. Dicha habitación estaba siempre vacía. Pero después de salir de allí, el perro abandonaba su escondite, corría por las escaleras y desaparecía.

Una noche, el vecino de Peter esperó con él a que apareciera el perro. Al horario habitual lo oyeron moverse por encima de ellos. Luego lo oyeron en las escaleras. Cuando salieron a la entrada, se hallaba a los pies de la escalera y comenzó a mirarlos.

El vecino silbó y el perro movió la cola. Luego desapareció.

Las cosas siguieron así hasta la noche en la que Peter decidió traer a sus perros guardianes de nuevo al interior de la casa. Quizás esta vez encontrarían al perro negro y podrían ahuyentarlo. Poco antes de las once los condujo hasta su habitación y dejó la puerta abierta.

Entonces oyó al perro negro moverse por encima de él. Sus perros aguzaron el oído y corrieron a la puerta. De repente mostraron los dientes, gruñeron y retrocedieron. Peter no podía ver ni escuchar al perro negro, pero estaba seguro de que había entrado en su habitación. Sus perros ladraban y gemían. Se lanzaron hacia delante con nerviosismo, y después retrocedieron.

De repente, uno de ellos aulló. Empezó a sangrar y luego cayó al suelo con el cuello desgarrado. Un minuto más tarde estaba muerto. El otro perro de Peter estaba arrinconado, lloriqueando. Entonces se hizo la calma.

A la noche siguiente el vecino de Peter regresó con un arma. Una vez más esperaron en su dormitorio y a las once en punto el perro negro bajó por las escaleras. Al igual que la vez anterior, los miró y movió la cola. Cuando le apuntaron con el arma, el animal gruñó y desapareció.

Ésa fue la última vez que Peter vio al perro negro. Pero eso no significó que el perro desapareciera. De vez en cuando, siempre a las once, él lo oía moverse en la habitación que estaba encima de la suya. Una vez lo oyó bajar las escaleras. Nunca logró verlo de nuevo. Pero sabía que estaba allí.

PISADAS

Liz estaba haciendo sus deberes escolares en la mesa del comedor. Su hermana menor, Sarah, dormía en la planta de arriba. Su madre estaba afuera, pero se esperaba que regresara en cualquier momento.

Cuando la puerta se abrió y cerró de golpe, Liz saludó en voz alta:

—¡Hola, mamá! —pero su madre no respondió. Y las pisadas que Liz oía eran más pesadas, como las de un hombre—. ¿Quién está ahí? —preguntó.

Nadie respondió. Oyó a alguien caminar a través de la sala de estar, y luego subir las escaleras hasta el segundo piso. Los pasos avanzaban de un dormitorio a otro.

Una vez más Liz gritó:

—¿Quién está ahí? —las pisadas se detuvieron. Entonces ella pensó: *¡Oh, Dios mío! Sarah está en su dormitorio;* entonces Liz subió corriendo a la habitación de su hermana. Pero Sarah se encontraba allí, dormía plácidamente. Liz miró en las otras habitaciones, pero no halló a nadie. Regresó al comedor, terriblemente asustada.

Pronto oyó las pisadas de nuevo. Bajaban las escaleras y se dirigían hacia la sala de estar. Ahora cruzaban la cocina. En ese momento, la puerta que separaba la cocina del comedor comenzó a abrirse lentamente…

—¡Fuera de aquí! —gritó Liz.

La puerta se cerró lentamente. Liz oyó las pisadas abandonar la cocina y recorrer la sala de estar hacia la puerta principal. La puerta se abrió y se cerró de golpe.

Liz corrió a la ventana para ver quién era. No había nadie a la vista. Tampoco pudo encontrar huellas sobre la nieve fresca que había caído momentos antes.

COMO OJOS DE GATO

Jim Brand yacía en su lecho de muerte. Su esposa lo dejó acompañado de su enfermera y se fue a la habitación contigua para descansar. Ella se sentó en la oscuridad contemplando la noche fijamente. Entonces, la señora Brand observó los faros de un auto que subía rápidamente por la entrada.

Oh, no, pensó ella. *No quiero visitantes ahora, ahora no*. Pero no se trataba de un auto que trajera consigo un visitante. Era una vieja carroza fúnebre con, quizá, media docena de hombrecillos que iban aferrados a sus costados. Al menos, eso es lo que parecía.

La carroza fúnebre se detuvo con un chirrido brusco. Los hombres saltaron a tierra y la miraron fijamente, sus ojos brillaban con una suave luz amarilla, como si fueran ojos de gato. Ella observó con horror cómo desaparecieron en el interior de la casa.

Un instante después regresaron, depositando algo en la carroza. Luego se alejaron a gran velocidad haciendo rechinar las ruedas y lanzando la grava del camino en todas direcciones.

En ese momento la enfermera se acercó a decirle que Jim Brand había muerto.

AL LÍMITE

Tú dirás que estas cosas
no pueden haber ocurrido.
Sin embargo, algunos dicen que así fue.

BESS

John Nicholas criaba caballos. Tenía jamelgos de todo tipo, pero su favorito era Bess, una yegua mansa y vieja con la que había crecido. Ya no la montaba porque todo lo que ella podía hacer ahora era caminar sin prisa. Bess pasaba sus días pastando tranquilamente en un prado.

Ese verano, sólo por diversión, John Nicholas entró en la carpa de una adivina. La adivina estudió sus cartas y dijo:

—Veo que te aguarda un peligro. Tu caballo favorito te hará morir. No sé cuándo, pero sucederá. Está escrito en las cartas.

John Nicholas se echó a reír. La idea de que Bess le causara la muerte era una tontería. La yegua era tan peligrosa como un tazón de sopa. Sin embargo, desde entonces, cada vez que la veía, recordaba la advertencia de aquella mujer.

En otoño, un agricultor del otro extremo del condado le preguntó si podía quedarse con Bess. Había pensado que la vieja yegua sería perfecta para que sus hijos aprendieran a montar.

—Es una buena idea —dijo John—. Será divertido para ellos y le dará algo que hacer a Bess.

Más tarde, John contó lo ocurrido a su esposa.

—Ahora Bess no me matará —le dijo, y ambos rieron.

Unos meses más tarde vio al granjero a quien había confiado a la yegua.

—¿Cómo está mi Bess? —le preguntó.

—Oh, estuvo bien durante un tiempo —dijo el granjero—. Los niños la adoraban, pero después enfermó. Tuve que dispararle para librarla de su sufrimiento. Fue una lástima.

Aunque sintió pena, John soltó un suspiro de alivio. A menudo se había preguntado si de alguna insólita manera, por un extraño accidente, Bess lo habría matado. Ahora, por supuesto, ya no podía hacerlo.

—Me gustaría verla —dijo John—. Sólo para decirle adiós. Era mi favorita.

Los huesos de la yegua muerta estaban en un rincón apartado de la granja de aquel hombre. John se arrodilló y acarició el cráneo de Bess, blanqueado por el sol. Justo entonces una serpiente de cascabel, que había hecho su madriguera dentro del cráneo, hundió sus colmillos en el brazo de John Nicholas, y lo mató.

HAROLD

Cuando comenzó a hacer calor en el valle, Thomas y Alfred llevaron a apacentar a sus vacas a un pastizal fresco y verde en las montañas. Por lo general se quedaban allí con ellas durante dos meses. Luego las conducían de regreso al valle.

El trabajo era bastante fácil pero también aburrido. Todos los días los dos hombres cuidaban de su ganado. Por la noche regresaban a la pequeña choza donde vivían. Cenaban y trabajaban en el huerto y se iban a dormir. Era siempre lo mismo.

Entonces Thomas tuvo una idea que lo cambió todo.

—Hagamos un muñeco del tamaño de un hombre —dijo—. Será divertido, y podremos ponerlo en el huerto para asustar a los pájaros.

—Debería parecerse a Harold —dijo Alfred. Harold era un granjero que ambos odiaban.

Hicieron el muñeco con sacos viejos rellenos de paja. Le pusieron una nariz puntiaguda, como la de Harold, y unos ojos diminutos como los de aquel hombre. Luego lo adornaron con pelo oscuro y lo dotaron con un ceño fruncido. Por supuesto, también le pusieron por nombre *Harold*.

Cada mañana de camino al pastizal, ataban a Harold a un poste del jardín para ahuyentar a los pájaros. Y todas las noches lo guardaban bajo techo para que no se estropeara si llovía.

Cuando se sentían juguetones, le hablaban. Uno de ellos, por ejemplo, le decía:

—¿Están creciendo bien las verduras, Harold? —entonces el otro, haciendo como si fuera Harold, respondía con una voz desquiciada:

—*Muy* lentamente —ambos reían, pero Harold no.

Cada vez que algo iba mal, culpaban a Harold. Ellos lo maldecían, incluso le daban de patadas o lo golpeaban. A veces uno de ellos tomaba la comida que estaban consumiendo (de la cual ambos estaban hartos), y se la untaba al muñeco en la cara.

—¿Te gusta el estofado, Harold? —le preguntaban—. Bueno, será mejor que lo comas… si no quieres que… —entonces los dos hombres se morían de la risa.

Una noche, después de que Thomas hubiera restregado una vez más la cara de Harold con comida, el muñeco gruñó.

—¿Oíste eso? —preguntó Alfred.

—Fue Harold —dijo Thomas—. Lo estaba observando cuando sucedió. No puedo creerlo.

—¿Cómo pudo gruñir? —preguntó Alfred—. Es sólo un saco de paja. No es posible.

—Arrojémoslo al fuego —dijo Thomas—, y terminemos con esto.

—No hagamos algo estúpido —señaló Alfred—. No sabemos lo que sucede. Cuando partamos con las vacas colina abajo lo dejaremos aquí. Por ahora lo observaremos.

De modo que dejaron a Harold sentado en una esquina de la cabaña. No le hablaron ni lo llevaron fuera. De vez en cuando el muñeco gruñía, pero eso era todo. Después de algunos días decidieron que no había que temer. Tal vez un ratón o algunos insectos se habían metido dentro de Harold y estaban haciendo esos sonidos.

Así que Thomas y Alfred volvieron a sus viejas costumbres. Cada mañana ponían a Harold en el jardín, y al anochecer lo traían de regreso a la cabaña. Cuando se sentían traviesos, bromeaban con él. Cuando se sentían frustrados, lo trataban tan penosamente como antes.

Entonces, una noche, Alfred notó algo que lo asustó.

—Harold está creciendo —dijo.

—Estaba pensando lo mismo —afirmó Thomas.

—Quizá sea nuestra imaginación —respondió Alfred—. Hemos estado aquí arriba, en esta montaña, demasiado tiempo.

A la mañana siguiente, mientras comían, Harold se puso en pie y salió de la cabaña. Subió al tejado y trotó de un lado a otro, como un caballo, sobre las patas traseras. Trotó así todo el día y toda la noche.

Por la mañana Harold bajó del tejado y se irguió en un rincón del pastizal. Los hombres no tenían idea de lo que haría después. Empezaban a sentirse asustados.

Decidieron conducir el ganado de regreso al valle ese mismo día. Cuando se marcharon, Harold no estaba a la vista. Sentían como si hubieran escapado de un gran peligro y empezaron a bromear y a cantar. Pero cuando habían recorrido sólo un kilómetro o dos, se dieron cuenta de que habían olvidado llevar consigo los taburetes para ordeñar.

Ninguno de los dos quería regresar por ellos, pero les sería muy pesaroso reemplazar los taburetes. "Realmente no hay nada que temer", se dijeron el uno al otro. "Después de todo, ¿qué podría hacer un muñeco?"

Echaron suertes con palitos para ver cuál de ellos volvería: Thomas.

—Te alcanzaré —dijo éste, y Alfred emprendió el camino en dirección al valle.

Cuando Alfred llegó a una subida del sendero, intentó localizar a Thomas. No lo veía por ninguna parte. Pero sí vio a Harold. El muñeco volvía a estar sobre el techo de la cabaña. Mientras Alfred lo observaba, Harold parecía arrodillarse y tender al sol una piel ensangrentada.

LA MANO MUERTA

El pueblo estaba situado al límite de un vasto pantano. Se mirara hacia donde se mirara había prados inundados, agujeros llenos de agua negra y brillantes estratos de turba mojada y esponjosa. Esqueletos de árboles gigantescos, "tocones", como la gente los llamaba, surgían del fango con sus ramas muertas que se extendían como largos brazos retorcidos.

Durante el día, los hombres de la aldea cortaban la turba y la llevaban a casa para secarla y venderla como combustible. Pero cuando caía el sol, y el viento, susurrante y quejumbroso, soplaba del mar, los hombres se hallaban listos para marcharse. Extrañas criaturas se apoderaban del pantano por la noche, y algunas incluso llegaban al pueblo, al menos eso es lo que decían todos. La gente sentía tanto miedo que ninguna persona salía sola después del anochecer.

El joven Tom Pattison era el único del pueblo que no creía en estas criaturas. De regreso a casa del trabajo, les decía susurrando a sus amigos:

—¡Allí hay uno! —y ellos saltaban y corrían. Y Tom reía sin parar.

Finalmente, algunos de sus amigos lo enfrentaron.

—Si te crees tan listo —le dijeron—, regresa al pantano una noche y verás qué sucede.

—Lo haré —dijo Tom—. Trabajo allí todos los días y no he visto ni una sola vez algo que me asuste. ¿Por qué debería ser diferente por la noche? Mañana, cuando anochezca, tomaré mi linterna e iré al tocón del sauce. Si me espanto y huyo, nunca más me burlaré de ustedes.

La noche siguiente los hombres fueron a casa de Tom Pattison para verlo partir. Unas nubes gruesas cubrían la Luna. La noche estaba tan negra como boca de lobo. Cuando llegaron, la madre de Tom le rogó que no fuera.

—No me sucederá nada —dijo él—. No hay que temer. No seas tonta como los demás.

Tomó su linterna y, canturreando para sí mismo, se dirigió por el mullido sendero hacia el tocón del sauce.

Algunos de los jóvenes se preguntaban si Tom estaba en lo cierto. Tal vez todos sentían miedo de cosas que no existían. Algunos decidieron seguirlo y verlo por sí mismos, pero se quedaron muy atrás en caso de que hubiera problemas. Estaban seguros de que veían siluetas oscuras moviéndose de un lado a otro. Pero la linterna de Tom seguía oscilando con el vaivén de su caminar, y sus canciones seguían escuchándose como si nada extraño pasara.

Finalmente, vieron el tocón del sauce. Allí estaba Tom parado en un círculo de luz, mirando de un lado a otro. De repente el viento apagó su linterna, y Tom dejó de cantar. Los hombres permanecían inmóviles en la oscuridad esperando que ocurriera algo horrible.

Las nubes se desplazaron y la Luna salió. Ahí estaba Tom otra vez. Sólo que ahora tenía la espalda contra el tocón del sauce, y los brazos extendidos frente a él, como si estuviera peleando contra algo. Desde donde estaban los hombres, parecía como si unas siluetas oscuras se arremolinaran a su alrededor. Entonces las nubes volvieron a cubrir la Luna. Una vez más la noche estaba tan negra como boca de lobo.

Cuando la Luna volvió a salir, Tom colgaba de un brazo del tocón del sauce. Su otro brazo estaba extendido al frente, como si algo estuviera tirando de él. A los hombres les parecía como si una mano sin brazo, podrida y decrépita, una mano muerta, hubiera sujetado la de Tom. Con un último movimiento, lo que tenía preso a Tom, lo arrastró hacia el fango. Eso es lo que dijeron los hombres.

Cuando las nubes ennegrecieron la Luna una vez más, los hombres se volvieron y corrieron a través de la oscuridad hacia el pueblo. Una y otra vez perdían el sendero y caían en el fango o en los charcos. Al fin llegaron arrastrándose sobre sus manos y rodillas. Pero Tom Pattison no estaba con ellos.

De mañana, la gente buscó por todas partes a Tom. Finalmente lo dieron por perdido.

Algunas semanas después, entrada la tarde, los aldeanos oyeron un grito. Era la madre de Tom. Corría por el sendero viniendo desde el pantano, gritando y haciendo señales. Cuando estuvo segura de que los aldeanos la habían visto, dio media vuelta y corrió de regreso al pantano. Todos fueron tras ella.

Encontraron al joven Tom Pattison junto al tocón del sauce, gimiendo y farfullando como si hubiera perdido la cabeza. Seguía señalando con una mano hacia algo que sólo él podía ver. Donde debería haber estado su otra mano, no había más que un muñón desgarrado que rezumaba sangre. Su mano le había sido arrancada.

Todo el mundo dijo que lo había hecho la mano muerta. Pero nadie lo sabe realmente. Y nadie lo sabrá, excepto Tom Pattison. Pero él nunca volvió a pronunciar palabra.

ESAS COSAS PASAN

Cuando la vaca de Bill Nelson dejó de dar leche, él llamó al veterinario.

—A esa vaca no le ocurre nada malo —dijo el veterinario—. Sólo es un poco terca. Eso, o alguna bruja se ha apoderado de ella.

Bill y el veterinario rieron.

—Esa vieja arpía, Addie Fitch, supongo que es lo más cercano a una bruja que tenemos por aquí —continuó el veterinario—. Pero las brujas han pasado de moda, ¿no es cierto?

Bill había tenido una pelea con Addie Fitch el mes anterior. Había golpeado a su gato con el coche y lo había matado.

—Lo siento mucho, Addie Fitch —le había dicho él—. Te conseguiré un nuevo gato, igual de bonito, igual de bueno.

Pero los ojos de Addie se habían llenado de odio.

—Crie a ese gato desde que nació —había dicho ella—. Lo amaba. Lamentarás esto, Bill Nelson.

Bill le había enviado otro gato pero no recibió más noticias de ella.

Entonces su vaca dejó de dar leche. Y su viejo camión se averió. Después de eso, su esposa se cayó y se rompió el brazo.

Estamos teniendo demasiada mala suerte, pensó él. Entonces caviló, *tal vez sea Addie Fitch, que está vengándose de mí*. Y entonces se dijo: *Eh, tú no crees en brujas. Sólo buscas culpable porque estás molesto.*

Pero el abuelo de Bill sí creía en las brujas. Una vez le había dicho a Bill que sólo había una manera de evitar que una bruja causara problemas:

"Encuentra un nogal negro", le había dicho, "y dibuja su retrato en él. Entonces marca una X en su corazón e insértale un clavo. Húndelo cada día un poco más. Si es ella la causante del problema sentirá dolor. Cuando no pueda soportarlo más, vendrá a ti, o enviará a alguien, y tratará de pedirte algo prestado.

Si se lo concedes, eso anulará el poder del clavo y ella continuará atormentándote. Pero si no lo haces tendrá que parar... o el dolor terminará por matarla".

Eso es lo que creía su simpático y gentil abuelo. *Es una locura*, pensó Bill. Por supuesto, su abuelo no tenía mucha educación. Bill había ido a la universidad, y sabía más que él.

Entonces el perro de Bill, Joe, un perro que estaba perfectamente sano cayó muerto, así, sin más. Bill se enfadó. A pesar de toda su educación, pensó: *Tal vez se trate de Addie Fitch después de todo.*

Tomó un crayón rojo de la habitación de su hijo, y un martillo y un clavo, y se dirigió al bosque. Encontró un nogal negro y dibujó a Addie Fitch en su tronco. Hizo una X en su corazón, tal y como su abuelo le había dicho que hiciera. Con el martillo hundió el clavo un poco en la marca y regresó a casa.

—Me siento como un tonto —le dijo a su esposa.

—Y que lo digas —respondió ella.

Al día siguiente pasó por su casa un chico llamado Timmy Logan.

—Addie Fitch no se siente bien —le dijo—. Ella pregunta si podrías darle un poco de azúcar.

Bill Nelson miró a Timmy con asombro y respiró profundamente.

—Dile que lo siento, pero no tengo ni un poco de azúcar en este momento —repuso.

Cuando Timmy Logan se marchó, Bill volvió al nogal y hundió el clavo otro centímetro. Al día siguiente el muchacho regresó.

—Addie Fitch está muy enferma —le dijo—. Pregunta si tienes azúcar.

—Dile que lo siento —respondió Bill Nelson—. Pero sigo sin tener.

Bill salió al bosque y hundió el clavo otro centímetro. Al día siguiente el muchacho regresó.

—Addie Fitch está gravemente enferma —dijo él—. Necesita un poco de azúcar con urgencia.

—Dile que no tengo —contestó Bill.

La esposa de Bill se enfadó:

—Tienes que parar esto —le dijo—. Si este embrollo llega a funcionar, sería como matarla.

—Me detendré cuando ella lo haga —contestó su marido.

Hacia el anochecer, Bill salió al patio y dirigió su mirada a la parte alta de la colina donde vivía la anciana, preguntándose qué pasaba allí en ese momento. Luego, en medio de la oscuridad, vio a Addie Fitch bajar lentamente la colina en dirección a él. Con su rostro enjuto y huesudo y su viejo abrigo negro parecía en verdad una bruja. Al acercarse, Bill vio que apenas podía caminar.

Tal vez esté haciéndole daño realmente, pensó. Corrió a buscar su martillo para sacar el clavo. Pero antes de que pudiera marcharse, Addie Fitch lo enfrentó, con el rostro retorcido de rabia.

—Primero mataste a mi gato —dijo la vieja—. Después no quisiste darme un poco de azúcar cuando lo necesitaba —ella lo maldijo y cayó muerta a sus pies.

—No me sorprende que muriera de esta manera —dijo el médico más tarde—. Era muy vieja, quizá tenía noventa años. Fue su corazón, por supuesto.

—Algunas personas pensaban que era una bruja —dijo Bill.

—He oído algo acerca de eso —dijo el doctor.

—Alguien que conozco pensaba que Addie Fitch lo había embrujado —continuó Bill—. Esta persona hizo un dibujo de ella en un árbol, y luego incrustó un clavo en el dibujo para hacerla parar.

—Eso es sólo una vieja superstición —dijo el doctor—. Pero la gente como nosotros no cree en ese tipo de cosas, ¿verdad?

DESENFRENO

Animales salvajes se llevan a una niña.
No se sabe por qué motivo éstos
la crían en lugar de comérsela.
La niña aprende a imitar los sonidos que ellos hacen.
Aprende a comer, correr y matar como ellos.
Después de un tiempo, su aspecto es lo único
humano en ella.

LA NIÑA LOBO

Viaja al noroeste y adéntrate en el desierto desde Del Rio, Texas, y eventualmente llegarás al río del Diablo. En la década de 1830 un trampero llamado John Dent y su esposa Mollie se establecieron donde Dry Creek se encuentra con el río del Diablo. Dent cazaba castores, que abundaban en ese lugar. Él y Mollie construyeron una cabaña de madera, y cerca de ella colocaron una pérgola para cubrirse del sol.

Mollie Dent quedó embarazada. Cuando estaba lista para dar a luz, John Dent cabalgó hasta sus vecinos más cercanos, que se encontraban a varios kilómetros de distancia.

—Mi esposa va a dar a luz —le dijo al hombre y a su esposa—. ¿Pueden ayudarnos? Ellos aceptaron acudir de inmediato. Cuando se prepararon para partir, una violenta tormenta se desencadenó y un rayo golpeó y mató a John Dent. El hombre y su esposa lograron encontrar su cabaña, pero llegaron hasta el día siguiente. Para entonces, Mollie Dent también había muerto.

Parecía que había dado a luz antes de morir, pero los vecinos no pudieron encontrar al bebé. Debido a que hallaron rastros de lobo por todas partes, decidieron que los lobos lo habían devorado. Enterraron a Mollie Dent y se marcharon.

Unos años después la gente comenzó a contar una historia extraña. Algunos juraban que era verdadera. Otros dijeron que no podría haber ocurrido.

La historia comienza en un pequeño asentamiento a unos veinte kilómetros de la tumba de Mollie Dent. Una mañana, una manada de lobos salió del desierto y mató algunas cabras. Tales ataques no eran inusuales en aquellos días, pero un chico creyó ver a una niña desnuda con el pelo largo y rubio correr junto a los lobos.

Un año o dos más tarde, una mujer se encontró con algunos lobos que devoraban una cabra. Comiendo con ellos, decía la testigo, había una niña desnuda con el pelo largo y rubio. Cuando los lobos y la niña la vieron, huyeron. La mujer dijo que al principio la niña huyó a cuatro patas. Después se levantó y corrió como un humano, pero con la velocidad de los lobos.

La gente comenzó a preguntarse si esta "niña lobo" era la hija de Mollie Dent. ¿La habría llevado consigo una loba madre el día en que nació y la habría criado junto a sus cachorros? Si había ocurrido así, ya tendría diez u once años.

A medida que la historia comenzó a divulgarse, algunos hombres empezaron a buscar a la niña. Buscaron a lo largo de las riberas y en el desierto y sus cañones. Y un día, según se dice, la encontraron caminando en un cañón acompañada de un lobo. Cuando éste escapó, la niña se ocultó en una abertura de una de las paredes del cañón.

Al tratar de ser capturada por los hombres, ella luchó, mordiendo y arañando como un animal enfurecido. Cuando finalmente fue sometida, ella comenzó a gritar como una joven asustada y a aullar como un lobezno temeroso.

Sus captores la ataron con una cuerda, la montaron sobre un caballo y la llevaron a un pequeño rancho en el desierto. Decidieron que la entregarían al alguacil al día siguiente. La colocaron en una habitación vacía y la desataron. Totalmente aterrorizada, se ocultó en las sombras. La dejaron ahí y aseguraron la puerta.

Pronto, ella comenzó de nuevo a gritar y a aullar. Los hombres pensaron que se volverían locos escuchándola, pero al fin, ella se detuvo. Cuando cayó la noche, los lobos empezaron a aullar en la distancia. La gente dice que cada vez que cesaban, la niña aullaba en respuesta.

Según cuenta la historia, el ruido de los lobos procedía de todas direcciones y se acercaba cada vez más. De repente, como si se hubiera dado una señal, los lobos atacaron a los caballos y a otros animales. Los hombres se precipitaron en la oscuridad, disparando sus armas.

En lo alto de la pared de la habitación donde habían dejado a la niña, había una pequeña ventana. Un tablón había sido clavado para atrancarla. La chica desprendió el tablón, se arrastró a través de la ventana y desapareció.

Pasaron los años sin que se oyera palabra acerca de la niña. Entonces, un día, algunos hombres a caballo recorrieron un meandro del río Grande, no lejos del río del Diablo. Afirmaron haber visto a una joven con largo cabello rubio que alimentaba a dos cachorros lobo.

Cuando vio a los hombres, tomó a los cachorros y se adentró en la maleza. Cabalgaron detrás de ella, pero rápidamente los dejó atrás. Buscaron sin cesar, pero no encontraron rastro de ella. Eso es lo último que sabemos de la niña lobo. Y es allí, en el desierto, cerca de río Grande, donde termina esta historia.

CINCO PESADILLAS

Una artista pintó algunos cuadros.
A un niño le regalaron una mascota nueva.
Una chica se fue de vacaciones.
Todo era normal.
Y entonces nada volvió a serlo.

EL SUEÑO

Lucy Morgan era una artista. Había pasado una semana pintando en un pequeño pueblo en el campo y decidió que al día siguiente iría a otro lugar, a una población llamada Kingston.

Pero esa noche Lucy Morgan tuvo un sueño extraño. Soñó que subía por una oscura escalera labrada en madera y entraba en un dormitorio. Era una habitación común, salvo por dos cosas. La alfombra estaba formada por grandes cuadrados que parecían trampas. Y cada una de las ventanas estaba sellada con grandes clavos que traspasaban la madera.

En su sueño Lucy Morgan descansaba en ese dormitorio. Durante la noche, una mujer de rostro pálido y ojos oscuros, y cabello largo y negro entró en la habitación. Se inclinó sobre la cama y le susurró: "Éste es un lugar maligno. Huye tan pronto como puedas". Cuando la mujer le tocó el brazo para apremiarle, Lucy Morgan despertó de su sueño con un grito. Estuvo despierta el resto de la noche temblando.

Por la mañana, le dijo a su casera que después de todo había decidido no ir a Kingston.

—No puedo decirte por qué —dijo ella—, pero no puedo ir.

—¿Entonces por qué no vas a Dorset? —le preguntó la casera—. Es una ciudad bonita, y no está demasiado lejos.

Así que Lucy Morgan fue a Dorset. Alguien le dijo que podía encontrar una habitación en una casa en la cima de la colina. Era una casa de aspecto agradable, y la casera de allí, una mujer regordeta y de aspecto maternal, era muy hospitalaria.

—Veamos la habitación —dijo ella—. Creo que le gustará.

Subieron una oscura escalera de madera, como la del sueño de Lucy. *En estas casas viejas las escaleras son todas iguales*, pensó Lucy. Pero cuando la casera abrió la puerta del dormitorio, era la habitación que había visto en su sueño, con la misma alfombra que parecía contener trampas y las mismas ventanas selladas con grandes clavos.

Esto es sólo una coincidencia, se dijo Lucy.

—¿Qué le parece? —preguntó por fin la casera.

—No estoy segura —repuso ella.

—Bueno, tómese su tiempo. Traeré un poco de té mientras piensa en ello.

Lucy se sentó en la cama mirando las trampas y los grandes clavos. Pronto se oyó un golpe en la puerta. *Debe ser la casera con el té*, pensó.

Pero no se trataba de la casera. Era la mujer de rostro pálido, ojos oscuros y cabello largo y negro. Lucy Morgan tomó sus cosas y huyó de allí.

LA NUEVA MASCOTA
DE SAM

Sam se quedó con su abuela cuando sus padres fueron a México de vacaciones. "Te traeremos algo bonito", le dijo su madre. "Será una sorpresa."

Antes de regresar a casa, los padres de Sam buscaron algo que a Sam pudiera gustarle. Todo lo que encontraron fue un hermoso sombrero, era muy costoso. Pero aquella tarde, mientras comían en un parque, finalmente decidieron comprar el sombrero. El padre de Sam les lanzó lo que quedaba de sus sándwiches a algunos perros callejeros y regresaron al mercado.

Uno de los animales los siguió. Era una criatura pequeña y gris de pelaje corto, piernas cortas y una larga cola. Dondequiera que ellos fueran, él los seguía.

—¡No te parece lindo! —dijo la madre de Sam—. Debe de ser uno de esos perros mexicanos sin pelo.[2] A Sam le encantaría.

—Probablemente tenga dueño —dijo el padre de Sam.

Le preguntaron a varias personas si sabían quiénes eran sus dueños, pero nadie tenía idea. La gente simplemente sonreía y se encogía de hombros. A última hora, la madre de Sam le dijo:

—Quizá sólo sea un perro callejero. Llevémoslo con nosotros. Le daremos un buen hogar y Sam lo amará con locura.

Está prohibido pasar la frontera con mascotas, pero los padres de Sam ocultaron al animal en una caja y nadie lo vio.

Cuando llegaron a casa se lo mostraron a Sam.

—Es un perro muy pequeño —dijo el niño.

—Es un perro típico de ese lugar —dijo su padre—. No estoy seguro de cuál es su raza. Creo que se llama Perro Mexicano. Lo averiguaremos. Pero es simpático, ¿verdad?

---

2 Es muy probable que aquí el autor se refiera al can conocido como Xoloitzcuintle. [N. de T.]

Le dieron comida para perros a la nueva mascota. Luego la lavaron, la cepillaron y peinaron. Esa noche durmió en la cama de Sam. Cuando Sam despertó a la mañana siguiente, su mascota seguía allí.

—Mamá —dijo el niño—, el perro está resfriado. Los ojos del animal estaban llorosos y había algo blanco alrededor de su boca. Más avanzada la mañana, la madre de Sam lo llevó a un veterinario.

—¿De dónde lo sacó? —le preguntó el veterinario.

—Lo encontramos en México —dijo ella—. Creemos que es uno de esos perros mexicanos sin pelo. Iba a preguntarle sobre eso.

—No es un perro sin pelo —dijo el veterinario—. Ni siquiera es un perro. Es una rata de alcantarilla… y tiene rabia.

QUIZÁ MÁS TARDE
RECUERDE

La señora Gibbs y su hija de dieciséis años, Rosemary, llegaron a París una calurosa mañana de
julio. Habían estado de vacaciones y ahora regresaban a casa. Pero la señora Gibbs no se sentía bien. Así
que decidieron descansar durante unos días antes de
continuar.

La ciudad estaba llena de turistas. A pesar de ello,
encontraron un buen hotel para alojarse. Les dieron
una habitación encantadora con vistas a un parque.
Tenía paredes amarillas, una alfombra azul y muebles
blancos.

En cuanto desempacaron la señora Gibbs se recostó.
Tenía un aspecto tan pálido que Rosemary pidió que

el médico del hotel la examinara. Rosemary no hablaba francés, pero afortunadamente el médico hablaba inglés.

Le echó un vistazo a la señora Gibbs y dijo:

—Tu madre está demasiado enferma para viajar. Mañana la trasladaré al hospital, pero necesita un medicamento específico. Si vas a mi casa por él, ahorraremos tiempo —el doctor le dijo en ese momento que no tenía teléfono. Sin embargo, le daría a Rosemary una nota como referencia para su esposa.

El gerente del hotel llamó a un taxi para Rosemary y, en francés, le dijo al conductor cómo encontrar la casa del médico.

—Tardará poco en llegar —le dijo—, y el taxista la traerá de vuelta —pero cuando el conductor recorría lentamente una calle tras otra, a ella le parecía que demoraban una eternidad. En una ocasión Rosemary estuvo segura de que habían pasado por la misma calle dos veces.

Transcurrió casi el mismo tiempo para que la esposa del doctor atendiera la puerta y le trajera el medicamento. Mientras Rosemary aguardaba sentada en la sala de espera vacía, seguía pensando: *¿Por qué no se apresura? Por favor, dese prisa.* Entonces escuchó el teléfono sonar en algún lugar de la casa. Pero el médico le había dicho que en ese momento no disponía de teléfono. ¿Qué es lo que sucedía?

Regresaron tan despacio como habían ido, cruzando lentamente una calle tras otra. Rosemary estaba sentada en el asiento trasero inundada por el miedo, y con la medicina de su madre aferrada a su mano. ¿Por qué todo estaba demorando tanto?

No tenía ninguna duda de que el taxista avanzaba en la dirección equivocada.

—Se dirige al hotel correcto, ¿verdad? —preguntó ella. El conductor no respondió. Ella preguntó de nuevo, pero tampoco obtuvo respuesta. Cuando se detuvo ante la luz roja de un semáforo, ella abrió la puerta y salió corriendo del coche. Detuvo a una mujer en la calle. La mujer no hablaba inglés pero conocía a alguien que sí. Rosemary tenía razón. El taxista *había* estado conduciendo en la dirección equivocada.

Cuando finalmente regresó al hotel, aún no había anochecido. Se acercó al recepcionista que les dio su habitación.

—Soy Rosemary Gibbs —dijo la chica—. Mi madre y yo estamos hospedados en la habitación 505. ¿Podría darme la llave?

El recepcionista la miró atentamente.

—Debe estar equivocada —dijo el hombre—. Hay otro huésped en esa habitación. ¿Está segura de que está en el hotel correcto?

Entonces el recepcionista se giró para atender a otra persona. La chica esperó a que terminara.

—Usted mismo nos dio esa habitación cuando llegamos esta mañana —dijo ella—. ¿Cómo puede haberlo olvidado? —él la miró como si hubiera perdido la cabeza.

—Debe estar equivocada —respondió él—. Nunca la había visto antes. ¿Está segura de que está en el hotel correcto?

Ella le pidió ver la ficha de registro que había llenado cuando llegaron.

—Nuestros nombres son June y Rosemary Gibbs —dijo ella.

El empleado miró su carpeta.

—No tenemos ningún registro que coincida con su nombre —dijo él—. Debe estar en el hotel equivocado.

—El médico del hotel me reconocerá —agregó Rosemary—. Examinó a mi madre cuando llegamos, y me envió a buscar los medicamentos que necesita. Quiero verlo.

El doctor bajó las escaleras.

—Aquí está la medicina para mi madre —dijo Rosemary, mostrándosela—. Su esposa me la dio.

—No la conozco señorita —dijo el doctor—. Debe haberse confundido de hotel.

Ella pidió que llamaran al gerente que había llamado al taxi. Seguramente él la recordaría.

—Tiene que estar en el hotel equivocado —dijo también él—. Déjeme darle una habitación donde pueda descansar. Entonces tal vez recuerde dónde se hospedan usted y su madre.

—¡Quiero ver nuestra habitación! —dijo Rosemary, alzando la voz—. Es la número 505.

Pero ésta no se parecía en nada a la habitación que recordaba. Tenía una cama matrimonial y no dos camas individuales. Los muebles eran negros, no blancos. La alfombra era verde, no azul. Había ropa de otra persona en el armario. La habitación que conocía había desaparecido. Y también su madre.

—Ésta no es la habitación —dijo la chica—. ¿Dónde está mi madre? ¿Qué han hecho con ella?

—Está en el hotel equivocado —dijo el gerente con paciencia, como si estuviera hablando con un niño.

Rosemary pidió ver a la policía.

—Mi madre, nuestras cosas, la habitación, todo ha desaparecido —les dijo.

—¿Está segura de que éste es el hotel que busca? —le preguntaron.

Entonces fue a la embajada para pedir ayuda.

—¿Estás segura de que ha ido al hotel donde se hospedan? —le preguntaron.

Rosemary pensó que estaba perdiendo la cabeza.

—¿Por qué no descansa aquí un momento? —le dijeron—. Quizá más tarde recuerde…

Pero el problema de Rosemary no era su memoria. Era algo que ella no sabía. Ver nota en la página 126.

LA MANCHA ROJA

Mientras Ruth dormía, una araña se arrastró por su rostro. Se detuvo durante varios minutos en su mejilla izquierda y luego reanudó la marcha.

—¿Qué es esa mancha roja en mi mejilla? —le preguntó Ruth a su madre a la mañana siguiente.

—Parece una picadura de araña —respondió ésta—. Sanará sola. Pero no la toques.

Pronto la pequeña mancha roja creció hasta convertirse en un forúnculo rojo.

—Mírala ahora —dijo Ruth—. Se está haciendo más grande.

—A veces sucede —dijo su madre—. El veneno está saliendo.

Unos pocos días después, el forúnculo era aún mayor.

—Míralo ahora —dijo Ruth—. Me duele y es horrible.

—Te llevaremos para que lo revise el médico —dijo su madre—. Tal vez esté infectado —pero el médico no pudo atender a Ruth hasta el día siguiente.

Esa noche Ruth tomó un baño caliente. Mientras se enjuagaba el forúnculo estalló. De repente brotó un conjunto de diminutas arañas de los huevos que la madre había anidado en su mejilla.

NO, GRACIAS

Los jueves por la noche Jim trabajaba como mozo de almacén en uno de los centros comerciales que había junto a la autopista. Generalmente terminaba su jornada a las ocho y media, entonces conducía a casa.

Pero esa noche Jim fue uno de los últimos en irse. Cuando llegó al inmenso aparcamiento, estaba casi vacío. Los únicos sonidos que se oían eran los de los coches en la distancia y sus pisadas en el pavimento.

De repente, un hombre emergió de las sombras.

—¡Eh, señor! —lo llamó en voz baja. Extendió su mano derecha. En la palma de su mano sostenía la hoja larga y afilada de un cuchillo.

Jim se detuvo.

—Vea, un bonito y afilado cuchillo —le dijo el hombre suavemente.

No te asustes, pensó Jim.

El hombre se acercó.

No corras, se dijo Jim.

—Vea, un bonito y afilado cuchillo —repitió el hombre.

Dale lo que pida, pensó Jim.

El hombre se acercó y sostuvo el cuchillo ante él.

—Corta con precisión y suavidad —dijo lentamente. Jim esperó. El hombre lo miró a la cara—. Eh, hombre, cuesta sólo tres dólares. O le daré dos por cinco. Será un bonito regalo para su madre.

—No, gracias —dijo Jim—. Ella ya tiene uno —y corrió hacia su coche.

¿QUÉ SUCEDE AQUÍ?

Cuando las botellas comenzaron a descorcharse
y los muebles empezaron a volar por toda la casa,
surgieron muchas explicaciones,
aunque ninguna de ellas fue la acertada.
Entonces alguien dio una respuesta aterradora
sobre algo que podría sucederte incluso a ti.

EL PROBLEMA

Los acontecimientos de esta historia tuvieron lugar en 1958 en una pequeña casa blanca en un suburbio de la ciudad de Nueva York. Los nombres de las personas involucradas han sido cambiados.

Lunes 3 de febrero. Tom Lombardo y su hermana Nancy acababan de regresar de la escuela. Tom tenía trece años, Nancy catorce. Estaban hablando con su madre en la sala de estar cuando escucharon un fuerte "pop" en la cocina. Sonaba como si se hubiera descorchado una botella de champán.

Pero no era nada de eso. La tapa de una botella de almidón había saltado de algún modo y el líquido se había derramado por completo. En ese momento, los frascos y botellas que había por toda la casa comenzaron a destaparse: frascos de quitaesmalte para las uñas, champú, lejía, alcohol, incluso una botella con agua bendita.

Cada una de ellas tenía una tapa a la que había que darle dos o tres vueltas completas para abrirlas. Pero todas se habían abierto por sí solas (sin ayuda humana), habían caído y se habían derramado.

—¿Qué sucede aquí? —preguntó la señora Lombardo.

Nadie lo sabía. Pero pronto los estallidos se detuvieron y todo volvió a la normalidad. Fue sólo una de esas cosas locas que a veces suceden, decidieron ellos, y se olvidaron del tema.

Jueves 6 de febrero. Justo después de que Tom y Nancy regresaran a casa de la escuela, se destaparon seis botellas. Al día siguiente, casi a la misma hora, sucedió lo mismo con otros seis recipientes.

Domingo 9 de febrero. A las once de la mañana Tom estaba en el baño cepillándose los dientes. Su padre estaba parado junto a la puerta hablando con él. De repente una botella de medicina comenzó a moverse por sí misma a través del tocador y cayó en el lavabo. Al mismo tiempo un frasco de champú se movió al borde del tocador y se estrelló en el suelo. Ellos lo observaron completamente hechizados.

—Será mejor que llame a la policía —dijo el señor Lombardo. Esa tarde un oficial de policía entrevistó a la familia mientras varias botellas se destapaban en el baño. La policía asignó el caso a un detective llamado Joseph Briggs.

El detective Briggs era un hombre práctico. Cuando algo se movía, creía que un ser humano o un animal lo habían movido, o que se sacudía debido a una vibración o el viento u otra causa natural. No creía en los fantasmas.

Cuando los Lombardo le dijeron que no tenían nada que ver con lo que estaba pasando, pensó que al menos uno de ellos estaba mintiendo. Quería examinar la casa. Luego quería hablar con algunos expertos y averiguar qué pensaban.

Martes 11 de febrero. La botella con agua bendita que se había abierto una semana antes, se abrió por segunda vez y se derramó. Dos días después volvió a derramarse.

Sábado 15 de febrero. Tom, Nancy y un pariente estaban viendo televisión en la sala de estar cuando una pequeña estatua de porcelana se levantó de una mesa. Se alzó un metro en el aire y luego cayó en la alfombra.

Lunes 17 de febrero. Un sacerdote bendijo la casa de los Lombardo para protegerla de todo lo que causaba problemas.

Jueves 20 de febrero. Mientras Tom estaba haciendo sus deberes escolares en un extremo de la mesa del comedor, un recipiente con azúcar que estaba apoyado en el otro extremo voló hacia el vestíbulo y se estrelló. El detective Briggs fue testigo del incidente. Más tarde, un tintero que estaba sobre la mesa voló contra una pared y se rompió, salpicando la tinta en todas direcciones. Luego otra estatua de porcelana se alzó en el aire, recorrió unos cuatro metros y se estrelló contra un escritorio.

Viernes 21 de febrero. Para disfrutar de un poco de tranquilidad, los Lombardo fueron a casa de un pariente durante el fin de semana. Mientras estuvieron fuera, la situación en la casa fue normal.

Domingo 23 de febrero. Cuando los Lombardo regresaron, otro recipiente con azúcar se elevó en el aire. Voló contra una pared y se hizo añicos. Más tarde un pesado buró se derrumbó en la habitación de Tom. Pero nadie estaba en ella cuando sucedió.

Lunes 24 de febrero. Para entonces el detective Briggs había hablado con un ingeniero, un químico, un físico y otros especialistas. Algunos de ellos pensaban que el problema de la casa lo estaban causando las vibraciones. Éstas podrían provenir de las aguas subterráneas, según dijeron, o de las ondas de radio de alta frecuencia, o de las explosiones sonoras causadas por aviones. Otros decían que la causa era el sistema eléctrico, o corrientes de aire que entraban a través de la chimenea. Atribuyeron el estallido de las botellas a los productos químicos que contenían dichas botellas.

Las pruebas demostraron que no había vibraciones en la casa, no había nada anómalo en el sistema eléctrico, y no había productos químicos en las botellas que las hicieran destaparse.

Entonces, ¿*qué* es lo que estaba causando el problema? Ninguno de los expertos lo sabía. Pero todos los días los Lombardo recibían docenas de cartas y llamadas telefónicas de personas que creían saberlo. Muchos opinaban que la casa estaba embrujada. Pensaban que se había desencadenado un *poltergeist*: el espíritu burlón al que se culpa cuando las cosas se mueven por sí solas.

Nadie ha demostrado que existan los *poltergeist*. Pero por todas partes, y durante cientos de años, la gente ha contado historias sobre ellos. Y lo que se ha contado no difería mucho de lo que estaba sucediendo con los Lombardo.

Por supuesto, el detective Briggs no creía en los *poltergeist*. Había empezado a pensar que Tom Lombardo podía ser el culpable. Siempre que sucedía algo, Tom solía estar en esa habitación o cerca de ella. Cuando acusó a Tom de ser el causante del problema, el muchacho lo negó.

—No sé qué está pasando —dijo él—. Todo lo que sé, es que me asusta.

La gente decía que el detective Briggs era el tipo de policía que entregaría a su propia madre si ella parecía culpable. Pero él creía en Tom. Sin embargo ahora no sabía qué pensar.

Martes 25 de febrero. Un periodista llegó a casa para entrevistar a la familia. Después se sentó en la sala esperando a que algo sucediera para poder describirlo en su reportaje. La habitación de Tom estaba justo al otro lado del pasillo desde donde estaba sentado el periodista. El muchacho se había ido a la cama, pero había dejado la puerta abierta. De repente, un globo terráqueo salió volando de la habitación oscura y se estrelló contra una pared. El reportero corrió hacia el dormitorio y encendió la luz. Tom estaba sentado en la cama parpadeando, como si acabara de despertar de un sueño profundo.

—¿Qué fue eso? —preguntó.

Miércoles 26 de febrero. De mañana, una pequeña estatua de plástico de la Virgen María se alzó de una cómoda que había en el dormitorio del señor y la señora Lombardo y se estrelló contra un espejo. Esa noche, mientras Tom hacía sus deberes escolares, un tocadiscos de unos cinco kilos se levantó de una mesa, recorrió cinco metros y se estrelló contra el suelo.

Viernes 28 de febrero. Dos científicos llegaron provenientes de la Universidad de Duke, situada en Carolina del Norte. Eran parapsicólogos que estudiaban experiencias como las que sufrían los Lombardo. Pasaron varios días hablando con la familia y examinando la casa, tratando de entender lo que estaba pasando y lo que lo estaba causando. Una noche, se destapó una botella de lejía, pero eso fue todo lo que sucedió durante su visita.

Nada dijeron a los Lombardo sobre una teoría que habían formulado y que involucraba a un *poltergeist*. Según su idea, los *poltergeist* no eran fantasmas. Eran sucesos provocados por adolescentes normales y corrientes que se habían visto tan afectados por un problema que sus emociones se acumulaban en una especie de vibración. Al estar sucediendo en su inconsciente, ni siquiera sabían que estaba ocurriendo realmente. Pero, de alguna manera, la vibración salía de sus cuerpos y movía todo aquello que alcanzaba. Sucedía una y otra vez hasta que el problema se hubiera resuelto.

Los científicos habían dado un nombre a este poder extraño. Lo llamaban "psicoquinesia" o "telequinesia", la habilidad de mover objetos con el poder mental, o el poder de la mente sobre la materia. Nadie sabía si era posible que esto sucediera, o cómo probarlo realmente. Sin embargo, la mayoría de los informes de *poltergeist* involucraban a familias con hijos adolescentes, y había dos adolescentes en la familia Lombardo.

Lunes 3 de marzo. Los parapsicólogos dijeron que prepararían un informe sobre los datos que habían recolectado. El día después de que se marcharon, el problema regresó con mayor crudeza.

Martes 4 de marzo. Por la tarde un florero salió volando de la mesa del comedor y se estrelló contra un armario. Luego, una botella de lejía saltó de una caja de cartón y se destapó. Después un estante lleno de enciclopedias cayó y se encajó entre un radiador y la pared. Entonces una botella que había sobre una mesa se levantó y estrelló contra una pared que había a cuatro metros de distancia. Finalmente, se oyeron cuatro golpes en la cocina cuando nadie estaba en esa habitación.

Miércoles 5 de marzo. Mientras la señora Lombardo estaba desayunando escuchó un fuerte estrépito en la sala de estar. La mesa de café se había volteado sola. Pero eso fue todo. Después de un mes de caos, por fin todo volvió a la normalidad.

En agosto los dos parapsicólogos enviaron su informe. Decidieron que los Lombardo no habían inventado esta historia. Tampoco la habían imaginado. Su problema había sido real. ¿Pero qué es lo que lo había causado?

Dijeron que no se trataba de travesuras ni trucos, ni magia. Así como lo había hecho la policía, también descartaron las vibraciones del agua subterránea y otras causas físicas. La única explicación que no podían descartar era la posibilidad de que un *poltergeist* adolescente hubiera sido el responsable de mover los objetos con energía mental. No tenían suficiente evidencia para demostrarlo, pero era la única posible respuesta que podían dar.

Si se trataba realmente de un *poltergeist*, pensaban que Tom era el responsable. Si estaban en lo cierto, si un chico normal como Tom se había convertido en un *poltergeist*, esto también podría sucederles a otros adolescentes. Podría sucederte incluso a ti.

¿QUIÉEEEEEEEN…?

En este capítulo hay cuatro fantasmas,
un monstruo espectral, y un cadáver.
Pero son historias divertidas, no terroríficas.

DESCONOCIDOS

Un hombre y una mujer estaban sentados fortuitamente en un tren, uno junto al otro. La mujer sacó un libro y comenzó a leer. El tren se detuvo en media docena de estaciones, pero ella no levantó la vista ni una sola vez.

El hombre la observó durante cierto tiempo, y luego le preguntó:

—¿Qué está leyendo?

—Es una historia de fantasmas —repuso ella—. Es muy buena, eriza los cabellos.

—¿Cree usted en los fantasmas? —preguntó él.

—Sí, creo —respondió ella—. Hay fantasmas en todas partes.

—Yo no creo —dijo el hombre—. Son sólo supersticiones. Nunca he visto un fantasma en toda mi vida, ni uno solo.

—¿Está seguro de que no ha visto un fantasma en toda su vida? —preguntó la mujer, quien acto seguido, desapareció.

EL CERDO

Cuando Arthur y Anne se conocieron en la escuela, se enamoraron. Ambos eran grandes, rechonchos y muy alegres; parecían hechos el uno para el otro. Pero como sucede a veces, las cosas no funcionaron.

Arthur se mudó y se casó con otra persona, y Anne permaneció soltera. No muchos años después, se enfermó y falleció. Algunos dijeron que murió de desamor.

Un día, Arthur se dirigía en coche a una pequeña ciudad, no muy lejos de donde él y Anne habían crecido. Pronto se percató de que un cerdo lo seguía.

No importaba lo rápido que Arthur condujera, el cerdo iba detrás de él. Cada vez que miraba hacia atrás, ahí estaba el cerdo. Esto comenzó a irritarlo.

Finalmente no pudo soportarlo más, bajó del coche y dio un buen golpe al cerdo en el hocico.

—¡Fuera de aquí, gordo y sucio puerco! —gritó Arthur.

Para su asombro, el cerdo le habló, y fue la voz de Anne la que escuchó.

¡Es su fantasma!, pensó él. *¡Ha regresado en forma de cerdo!*

—No estaba haciendo nada malo, Arthur —dijo el cerdo—. Acababa de salir a pasear y disfrutar del día. ¿Cómo has podido golpearme después de todo lo que fuimos el uno para el otro? —después de eso, ella dio media vuelta y se marchó a paso ligero.

(Cuando cuentes esta historia, haz que el cerdo hable con voz aguda.)

¿OCURRE ALGO MALO?

Un coche se estropeó entrada la noche en medio del campo. El conductor recordó haber pasado por una casa vacía unos minutos antes. *Me quedaré allí*, pensó. *Al menos dormiré un poco.*

Encontró algo de leña en la esquina de la sala de estar y encendió fuego en la chimenea. Se cubrió con su abrigo y durmió. Ya cerca del amanecer el fuego se apagó y el frío lo despertó. *Pronto saldrá el sol*, pensó. *Entonces buscaré ayuda.*

Cerró los ojos de nuevo. Pero antes de que pudiera volver a dormir, escuchó un terrible estruendo. Algo grande y pesado había caído por la chimenea. Quedó tendido en el suelo durante un minuto. Luego se puso en pie y lo miró fijamente.

El hombre le echó un vistazo y empezó a correr. Nunca había visto algo tan horrible en su vida. Se tomó el tiempo suficiente para saltar por la ventana. Y después corrió, corrió y corrió sin detenerse hasta que sintió que sus pulmones iban a estallar.

Cuando estaba jadeando en la carretera, tratando de recuperar el aliento, sintió algo que le palmeó en el hombro. Giró su rostro y se encontró mirando dos ojos grandes y sanguinolentos dentro de un cráneo sonriente. ¡Era esa misma cosa horrible!

—Discúlpeme —le dijo el cráneo. ¿Ocurre algo malo?

¡ES ÉL!

Esta mujer era la persona más mezquina y despreciable que uno podía imaginar. Y su marido era igual de malo. Lo único bueno era que vivían solos en medio del bosque y no podían molestar a nadie.

Un día salieron a buscar leña, entonces la mujer se enfadó tanto con su marido que tomó un hacha y le cortó la cabeza, así, sin más. Luego lo enterró ordenada y pulcramente, y regresó a casa.

Se preparó una taza de té y salió al cobertizo. Se sentó allí, a la sombra, balanceándose en su mecedora, sorbiendo su té, pensando en lo contenta que estaba de haber consumado semejante atrocidad. Al cabo de un rato oyó a lo lejos una vieja y hueca voz, quejándose y gimiendo que decía:

—¿Quiéeeeeeen se quedará conmigo en esta noche fría y solitaria? ¿Quiéeeeeeen?

¡Es él!, pensó ella. Y le gritó en respuesta:

—Te quedarás solo, maldito vejestorio.

Pronto oyó la voz de nuevo, aunque ahora sonaba más cerca.

—¿Quiéeeeeeen se quedará conmigo en esta noche fría y solitaria? ¿Quiéeeeeeen?

—¡Sólo un loco se quedaría contigo! —gritó la mujer—. ¡Disfruta de tu sola compañía, sucia rata!

Entonces oyó la voz aún más cerca que decía:

—¿Quiéeeeeeen se quedará conmigo en esta noche fría y solitaria? ¿Quiéeeeeeen?

—¡Nadie! —se burló ella—. Quédate solo, topo miserable.

Ella se levantó presta a entrar en casa, pero ahora la voz estaba justo detrás de ella, y le susurraba:

—¿Quiéeeeeeen se quedará conmigo en esta noche fría y solitaria? ¿Quiéeeeeeen?

Antes de que ella pudiera contestar de nuevo, una gran mano peluda la sujetó, y la voz gritó:

—¡TÚUUUUUUU!

(Cuando leas la última línea, sujeta a uno de tus amigos.)

¡P-R-R-R-R-R-R-R-R-T!

Cuando Sarah se acostó vio a un fantasma. Estaba sentado en su cómoda mirándola a través de dos agujeros negros donde una vez habían estado sus ojos. Ella gritó, y su madre y su padre acudieron corriendo en su ayuda.

—Hay un fantasma en mi cómoda —dijo ella, temblando—. Me está mirando fijamente.

Cuando encendieron la luz, ya no estaba ahí.

—Tuviste un mal sueño —dijo su padre—. Ahora intenta dormir.

Pero después de que se fueron, allí estaba otra vez, sentado en su cómoda, mirándola fijamente. Ella se cubrió la cabeza con su cobija y se quedó dormida.

La noche siguiente, el fantasma estaba de nuevo allí. Se había encaramado al techo y desde allí la miraba fijamente. Cuando Sarah lo vio, gritó. De nuevo su madre y su padre corrieron en su ayuda.

—Está en el techo —dijo ella.

Cuando encendieron la luz, no pudieron encontrarlo.

—Es tu imaginación —dijo su madre, y la abrazó.

Pero después de que se marcharon, allí estaba de nuevo, mirándola desde el techo. Se cubrió la cabeza con su almohada y se quedó dormida.

La noche siguiente el fantasma había regresado nuevamente. Estaba sentado en su cama mirándola. Sarah llamó a sus padres, y ellos corrieron a su alcoba.

—Está en mi cama —dijo ella—. No deja de mirarme.

Cuando encendieron la luz, no estaba allí.

—Te preocupas sin razón —dijo su padre. La besó en la nariz y la arropó—Ahora a dormir.

Pero después de que se fueran, allí estaba otra vez. Sentado en su cama, la miraba fijamente.

—¿Por qué haces esto? —le preguntó Sarah—. ¿Por qué no me dejas en paz?

El fantasma se agarró las orejas con las manos y las agitó hacia ella. Entonces sacó la lengua e hizo: ¡P-R-R-R-R-R-R-R-T!

(Para emitir este sonido, pon la lengua entre los labios y sopla. Esto se llama hacerle a alguien una "pedorreta" o "trompetilla".)

EL PRÓXIMO
EN MORIR

Mi amigo, ¿quién te iba a decir
que serías el próximo en morir?
Tu cuerpo inmóvil van a cubrir
con un paño blanco como el marfil.
Gusanos vienen, gusanos van,
en tus entrañas anidarán.
Sin ojos, sin dientes, sin paladar,
¡un día perfecto para expirar!

NOTAS Y FUENTES

(Las publicaciones citadas
aparecen en la bibliografía)

Introducción. Los hombres bu

p. 13 "Los hombres bu" es un nombre que se daba en Terranova a las criaturas imaginarias que infundían terror. Los hombres bu son similares a los *bogart* en Reino Unido, de donde vinieron muchos de los habitantes de Terranova, y a los *bogey men* o *boogeymen* en Estados Unidos. Véase: Widdowson, *If You Don't Be Good*, pp. 157-160, y "The Bogeyman".

La historia de la chica que se encuentra con un fantasma en un cementerio se cuenta en muchos lugares.

1. Cuando llega la muerte

p. 19 "La cita": esta historia es la versión de un relato antiguo que suele situarse en Asia. Un hombre joven ve a la Muerte en el mercado de Damasco, la capital de Siria. Para escapar de su destino, huye a Bagdad, o bien a Samarra, en lo que ahora es Irak. Por supuesto, la Muerte, lo espera. En algunas versiones la Muerte tiene rostro de mujer, no de hombre. La historia ha sido contada de una u otra forma por Edith Wharton, el autor inglés W. Somerset Maugham y el escritor francés Jean Cocteau. El novelista estadunidense John O'Hara tituló su primer libro *Cita en Samarra*. Véase: Woollcott, pp. 602-603.

p. 21 "La parada del autobús": ésta pertenece a la familia de las historias del "viajero fantasma" en las cuales un espectro regresa en cuerpo humano. Por lo general es visto en la esquina del camino a altas horas de la noche, o durante una tormenta, y alguien se ofrece a llevarlo a casa en coche. Pero cuando el conductor llega a su destino, el pasajero ha desaparecido. En "La parada del autobús" el fantasma permanece en forma humana durante varias semanas antes de desaparecer.

El relato se basa en muchas versiones. Una pertenece a un recuerdo de Barbara Carmer Schwartz, allá por los años cuarenta, en Delmar, Nueva York. También hay una versión en la que el joven pierde la cordura cuando se entera de que la chica es un fantasma. Véase: Jones, *Things That Go Bump in the Night*, pp. 173-174.

En la antigua Roma se contaba una historia similar. La protagonista, una chica joven llamada Philinnion, moría, pero seis meses después era vista con un hombre al que amaba y quien desconocía por completo su muerte. Cuando los padres eran informados sobre su aparición, se apresuraban a verla. Ella los acusaba de interferir en su "vida", entonces moría una segunda vez. Véase: Collison-Morley, pp. 652-672.

El folklorista Jan Brunvand enumera muchas variantes del cuento del "viajero fantasma" en *The Vanishing Hitchhiker*, pp. 24-46.

También han surgido al menos dos canciones populares sobre dicho tema: "Laurie (Strange Things Happen)", una canción pop-rock de principios de 1960 compuesta por Milton C. Addington; y "Bringing Mary Home", una canción estilo bluegrass compuesta en 1961 por Joe Kingston y M. K. Scosa. Ambas todavía eran populares cuando este libro fue escrito.

p. 25 "Cada vez más rápido": esta versión proviene de una historia de campamento de los años cuarenta en Nueva York o en Nueva Hampshire. Ruth L. Tongue escribió una versión que recogió en 1964 en Berkshire, Inglaterra, en la cual algunos muchachos de ciudad encuentran un viejo cuerno de caza en el bosque de Windsor. Cuando uno de ellos lo hace sonar, invoca a los espíritus de una partida de caza y es asesinado por las fantasmagóricas flechas de un cazador espectral. Véase: Tongue, p. 52.

p. 27 "Simplemente delicioso": ésta es una de las cientos de historias que componen lo que los folkloristas llaman la familia "El hombre de la horca", o narración del tipo 366. Se escuchan en Estados Unidos, Reino Unido, Europa Occidental y algunas partes de África y Asia. Quizá la más conocida en los países de habla inglesa sea "El brazo de oro". Para una versión de la misma, véase: Schwartz, *Tomfoolery*, pp. 28-30, e *Historias de miedo para contar en la oscuridad*, pp. 117-119.

Tales historias tienen sus raíces en el antiguo cuento del hombre sin trabajo cuya familia estaba muriendo de hambre. En busca de comida, llega a una horca donde acaba de ajusticiarse a un criminal. Extrae el corazón del muerto (o alguna otra parte de su cuerpo) y lo lleva a casa. Ésa noche su familia festeja. Pero mientras duermen, el hombre de la horca viene a buscar la parte de su cuerpo que ha sido robada. Cuando no puede encontrarla, se lleva consigo a la persona que lo robó. Véase: Thompson, *The Folktale*, p. 42.

"Simplemente delicioso" es una historia que sigue de cerca esa narración. El relato se basa en las versiones que he escuchado a través de los años en el noreste de Estados Unidos; el primero, en la década de 1940. Louis C. Jones consigna una versión de la ciudad de Nueva York en la que el marido se salva tras sustraer el hígado a su esposa y ofrecerlo al fantasma como un sustituto del que ella había robado. Véase: Jones, *Things That Go Bump in the Night*, pp. 96-99.

p. 31 "¡Hola, Kate!": esta historia se basa en una leyenda del suroeste de Munster, Irlanda. Véase: Curtin, pp. 59-60.

p. 33 "El perro negro": esta historia se basa en una experiencia recogida en la aldea francesa de Bourg-en-Forêt en los años veinte. En ella se dice que un perro negro fantasma como el de esta historia era el espectro de un hombre malvado o un vaticinador de la muerte. Véase: Van Paassen, pp. 246-250.

p. 37 "Pisadas": este relato se basa vagamente en uno que fue recogido en Amherst, Nueva Escocia, por la folklorista canadiense Helen Creighton. Véase: Creighton, pp. 264-266.

p. 39 "Como ojos de gato": adaptada de una historia que el autor inglés Augustus Hare escribió a finales del siglo XIX. En esa versión la carroza era tirada por cuatro caballos. Véase: Hare, pp. 49-50.

2. Al límite

p. 43 "Bess": basada en una vieja leyenda europea. El folklorista suizo Max Lüthi la tituló "La muerte de Oleg", en honor al príncipe Oleg, que vivió hace casi dos mil años en lo que hoy es Rusia. Se dice que murió como lo hizo John Nicholas en nuestra historia, mordido por una serpiente venenosa que se ocultaba en los restos de un caballo al cual temía.

La leyenda contiene muchos temas que se encuentran frecuentemente en la literatura popular: lo que parece débil puede ser fuerte, lo que parece imposible puede ser posible, el mayor peligro al que nos enfrentamos somos nosotros mismos. Véase: Lüthi, "Parallel Themes in Folk Narrative and in Art Literature".

p. 45 "Harold": numerosos relatos del folklore y la literatura hablan de un muñeco o alguna otra figura creada por una persona que cobra vida. En la leyenda judía del Golem, un rabino usa un hechizo para dar vida a una estatua de arcilla. Cuando ésta se rebela, él la destruye. En la novela *Frankenstein* de Mary Wollstonecraft Shelley, un estudiante suizo descubre cómo traer a la vida materia inerte para terminar siendo destruido por el monstruo que él crea.

En el cuento de hadas griego "El gentil hecho de grano" o "Mr. Simigdáli", una princesa es incapaz de encontrar un buen marido. De modo que crea uno mezclando un kilo de almendra, un kilo de azúcar y un kilo de grañones, que son similares a la polenta o sémola de maíz, y da a la mezcla la forma de un hombre. Como respuesta a sus oraciones, Dios da vida a la figura. Después de muchas aventuras, los dos viven felices.

La historia de "Harold" es una versión de una leyenda austriaco-suiza. Véase: Lüthi, *Once Upon a Time*, pp. 83-87.

p. 51 "La mano muerta": esta leyenda se contaba en Lincolnshire, en el este de Inglaterra, en el siglo XIX. Sucede en Lincolnshire Cars, que en aquel tiempo era una vasta zona pantanosa situada en el Mar del Norte y de la que los oriundos de aquel lugar tenían por hogar de espíritus malignos. La historia fue abreviada de M. C. Balfour, pp. 271-278.

p. 55 "Esas cosas pasan": esta es una leyenda norteamericana tradicional en la que una persona cree que está siendo atormentada por una bruja y trata de detenerla. En algunas historias la persona intenta matar a la bruja dibujando su figura y disparándole una bala de plata o martillándole un clavo. He adaptado y ampliado el relato para señalar el conflicto que puede surgir entre educación y superstición cuando una persona letrada siente que hay eventos que se escapan de su comprensión. Véase: Thompson, ed., "Granny Frone", en *Folk Tales and Legends*, pp. 650-652; Cox, pp. 208-209; Randolph, pp. 288-290; Yarborough, p. 97.

3. Desenfreno

p. 63 "La niña lobo": esta leyenda del suroeste de Texas acerca de una niña que crece en estado salvaje es similar a otras historias que se encuentran en numerosas culturas. Describo algunas de ellas a continuación.

La primera vez que oí hablar de la niña lobo de Texas fue en 1975, mientras investigaba para un libro en El Paso. Un trabajador jubilado de ochenta años de edad, Juan de la Cruz Machuca, me contó la historia tal y como él la recordaba. Su versión se superpone al relato de "The Lobo Girl of Devil's River", un artículo sobre la historia del incidente escrito por L. D. Bertillion, que apareció en 1937. Mi versión se construye a partir de relatos orales y de ese artículo. Véase: Bertillion.

Bertillion comienza su historia cuando el trampero Dent se enamora de Mollie Pertul en Georgia, poco después mata a su socio en una discusión de negocios y escapa. Un año más tarde regresa por Mollie y los dos huyen a Texas y se instalan en las cercanías del río del Diablo. Allí, Mollie da a luz a su hija que, en la leyenda, es conocida como la chica lobo.

Algunos lugares del río del Diablo y del río Grande donde se dice que había vagado la chica lobo, en la actualidad han sido inundadas para construir una presa y un área recreativa.

Una de las leyendas más antiguas acerca de niños criados por lobos es la famosa historia de los gemelos Rómulo y Remo, cuya madre los depositó en una cesta en el río Tíber en la antigua Roma. Cuando la cesta llegó a tierra, los bebés fueron amamantados por una loba hasta que un pastor los encontró y crio. En la leyenda, Rómulo fundó Roma justo donde los gemelos habían sido rescatados de las aguas del río Tíber.

En la historia "Los hermanos de Mowgli", Rudyard Kipling escribe sobre un bebé en la India que fue llevado a una guarida de lobos y criado por ellos. Véase: Kipling, pp. 1-43.

Una leyenda moderna de las montañas de Ozark, en Arkansas, habla de un niño de cinco meses que desapareció cuando su madre lo colocó en el suelo mientras estaba segando maíz junto a su marido. Años más tarde, una persona o animal comenzó a robar pollos de su granja, pero la pareja no era capaz de ponerle fin al problema. Una noche, el marido vio a un niño desnudo correr con un pollo en brazos. Cuando lo siguió hasta una cueva, lo encontró junto a una vieja y enferma loba que comía el pollo. El niño gruñó al granjero como un lobo, pero el granjero logró sacarlo. Era, por supuesto, su hijo. Véase: Parler.

También hay historias acerca de niños que crecen en estado salvaje después de haber sido abandonados por sus padres, o después de haberse perdido, o de haber sobrevivido a un naufragio. Una de ellas es la historia real del muchacho salvaje de Aveyron que vivió solo en los bosques del sur de Francia desde 1795 hasta 1800, momento en el que fue capturado. Véase: Shattuck.

Hay dos leyendas de California que cuentan casos similares. Una de ellas es protagonizada por una niña de dos años que llega a una isla lejos de la costa de Santa Bárbara, después de que un barco de vela naufragara a principios de 1900. Años más tarde, unos hombres que cazaban cabras salvajes en la isla se encontraron con una joven que se alejó de ellos como si fuera una cabra. La encontraron acurrucada en el fondo de una cueva repleta de huesos de animales de los que se había alimentado. Según cuenta la historia, la niña fue llevada a tierra firme, donde se le reconoció como la niña que había desaparecido tiempo atrás. No hay registro de lo que sucedió después. Véase: Fife.

La otra leyenda habla de una chica amerindia que fue abandonada en 1835 cuando su tribu dejó la isla de San Nicolás, que se halla a ciento diez kilómetros de Santa Bárbara. Se dice que vivió sola durante dieciocho años hasta que fue rescatada. La novela de Scott O'Dell, *La isla de los delfines azules*, se inspira en esta historia. Véase: Ellison, pp. 36-38, 77-89; O'Dell.

4. Cinco pesadillas

p. 69 "El sueño": algunos sueños se hacen realidad porque es lógico que así sea. Para consultar algunos ejemplos, véase: Schwartz, *Telling Fortunes*, pp. 57-64. Pero este sueño es un rompecabezas. La historia se basa en una experiencia relatada por Augustus Hare en su autobiografía *The Story of My Life*, p. 302.

p. 73 "La nueva mascota de Sam": conocí esta historia en Portland, Oregón, en 1987. Fue una de las muchas versiones que se contaron en ese período. El folklorista Jan Brunvand tituló una de sus colecciones de leyendas modernas *The Mexican Pet*. En ella escribe una variante de esta historia de 1984 proveniente de Newport Beach, California, así como otras versiones. Véase: *The Mexican Pet*, pp. 21-23.

Gary Alan Fine sugiere que esta leyenda refleja el desprecio hacia los trabajadores mexicanos que entraban ilegalmente en Estados Unidos y competían por la obtención de empleos. Los mexicanos están representados por una mascota que resulta ser una rata. Él cita una leyenda similar en Francia basada en la llegada de trabajadores de África y del Cercano Oriente. Véase: Fine, pp. 153-162.

p. 77 "Quizá más tarde recuerde": ¿cómo termina la historia? ¿Qué le pasó a la madre de Rosemary? Cuando el médico del hotel vio a la señora Gibbs, supo enseguida que estaba a punto de morir. Sufría una variante de la peste, una enfermedad terrible que mataba rápidamente y causaba epidemias desoladoras.

Si se hubiera corrido la voz de que una mujer había muerto de peste en el corazón de París, habría cundido el pánico. La gente del hotel y de otros lugares se habría apresurado a escapar. El médico sabía lo que los dueños del hotel esperaban que hiciera. Tendría que mantener el caso en secreto. De lo contrario, perderían mucho dinero.

Para librarse de Rosemary, el doctor la envió al otro extremo de París para buscar alguna medicina. Tal y como él esperaba, la señora Gibbs murió poco después de su partida. Su cuerpo fue sacado con escrúpulo fuera del hotel y llevado a un cementerio, donde fue enterrado de inmediato. Un equipo de trabajadores remodeló rápidamente la habitación y reemplazó todo lo que había en ella.

A los encargados de la recepción se les ordenó que le dijeran a Rosemary que ella estaba en el hotel equivocado. Cuando insistió en ver su habitación, ésta se había convertido en un lugar diferente, y, por supuesto, su madre había desaparecido. Se les advirtió a todos los involucrados que perderían sus empleos si revelaban el secreto. Para evitar el pánico en la ciudad, la policía y los periódicos acordaron no reportar la muerte. No se presentaron informes policiales, no aparecieron noticias. Era como si la madre de Rosemary y su habitación nunca hubieran existido.

En otra versión de la historia, Rosemary y su madre tenían habitaciones separadas. La señora Gibbs murió durante la noche mientras Rosemary dormía. Su cuerpo fue sacado de allí. Entonces su dormitorio fue pintado y remodelado. Cuando Rosemary no pudo encontrar a su madre a la mañana siguiente, le dijeron que su madre no estaba con ella cuando se registró.

Después de muchos meses de búsqueda, un amigo, un pariente o la propia joven encuentra a alguien que trabaja en el hotel y, soborno mediante, éste confiesa lo sucedido.

Esta leyenda constituye la base de la película *Extraño suceso*, que se estrenó en 1950. Dicha historia también inspiró dos novelas, una de ellas publicada en 1913. Pero la historia era antigua incluso entonces. El escritor Alexander Woollcott descubrió que había sido documentada por el *Daily Mail* de Londres como una historia verdadera en la Inglaterra de 1911, y en Estados Unidos, hacia 1889, por el *Detroit Free*

Press. El relato se popularizó en toda América y Europa. Véase: Woollcott, pp. 87-94; Briggs *et al*, p. 98; Burnham, pp. 94-95.

p. 83 "La mancha roja": existen varias versiones de esta leyenda en Estados Unidos y Reino Unido. De hecho, las arañas anidan sus huevos en capullos o bolsas que hilan con seda y depositan en lugares aislados. El folklorista Brunvand sugiere que este tipo de historias surgen a partir de un temor común de ver nuestros cuerpos invadidos por tales criaturas. Véase: Brunvand, *The Mexican Pet*, pp. 76-77.

p. 85 "No, gracias": esta historia es una versión libre de un relato publicado en *The New York Times* el 3 de marzo de 1982, p. C2.

5. ¿Qué sucede aquí?

p. 89 "El problema": cuando no se pudo encontrar ninguna causa para los extraños sucesos que ocurren en esta historia, mucha gente se preguntó si el responsable podía ser un fantasma ruidoso y maligno llamado *poltergeist*. Historias de apariciones tipo *poltergeist* han sido comunes en nuestro folklore durante siglos. Se cuenta que estos *poltergeist* han hecho volar objetos y bailar a los muebles, tirar las sábanas y mantas de las camas, emitir golpes y gemidos, y otras travesuras.

En un rancho de Cisco, Texas, en 1881, algo (o alguien) arrojó piedras, abrió las puertas aseguradas sin necesidad de utilizar llave, introdujo huevos crudos a través de las grietas del techo y maulló como un gato. Se examinó todo y a todas las personas, tal y como ocurre en "El problema". Algo de lo sucedido podría haber sido causado por un bromista. Pero no había explicaciones para la mayor parte de los sucesos, salvo que hubieran sido producidos por un *poltergeist*. Véase: Lawson *et al*.

Los parapsicólogos, como los mencionados en nuestra historia, se ocupan de estudiar los poderes mentales que podrían desarrollar los seres humanos y que todavía no comprendemos. La telequinesia y la percepción extrasensorial son ejemplos de estos poderes.

"El problema" se basa en artículos de *The New York Times*, de la revista *Life*, y otras publicaciones. Para historias de *poltergeist* e información sobre investigación *poltergeist*, véase: Carrington *et al*, Creighton, Haynes, Hole, Rogo y Wallace.

6. ¿QUIÉEEEEEEEN...?

p. 99 "Desconocidos": esta breve historia se cuenta en Estados Unidos y Reino Unido. Se emplean muchos escenarios distintos para contarla, como un campo de nabos y un museo.

p. 101 "El cerdo": se dice que los fantasmas aparecen en muchas formas. Como animales, en nuestra historia (un cerdo); como bolas de fuego y otro tipo de luces; como seres humanos; y como espectros. Algunos fantasmas, por supuesto, permanecen invisibles, haciendo que su presencia sea perceptible solamente por sus acciones y sonidos.

La historia de la mujer que regresa como un cerdo fue adaptada y ampliada de una historia de fantasmas canadiense que se contaba en la Isla del Príncipe Eduardo. Véase: Creighton, p. 206.

p. 103 "¿Ocurre algo malo?": esta historia ha sido escrita a partir de un resumen de un cuento de fantasmas afroamericano incluido en "The Ghosts of New York" de Louis C. Jones (p. 240). Se relaciona con una historia falsa sobre un encuentro con un monstruo horrible. En esa historia el monstruo es un loco asesino dado a la fuga. Cuando alcanza al hombre que huye, grita: "¡Te tengo, granuja!". Véase: Schwartz, *Tomfoolery*, p. 93, 116.

p. 107 "¡Es él!": ésta es una versión perteneciente a la familia de historias "El hombre de la horca". Se adapta a partir de dos narraciones. Una proviene de la región Cumberland Gap de Kentucky. Véase: Roberts, pp. 32-33. La otra pertenece al archivo folklórico de la Universidad de Pensilvania. Fue escuchado de Etta Kilgore, en Wise, Virginia, en el año de 1940, y recogido por Emory L. Hamilton. Véase la nota sobre "Simplemente delicioso".

p. 109 "¡P-R-R-R-R-R-R-R-R-T!": esta historia se inspira en una broma que cuentan los niños pequeños.

p. 113 "El próximo en morir": ésta parodia de la famosa "Canción de la carroza" pertenece a la colección de folklore de la Universidad de Massachusetts. Fue aportada por Susan Young, de Chelmsford, Massachusetts, en 1972. Para una variante de la canción tradicional y sus antecedentes, véase: Schwartz, *Historias de miedo para contar en la oscuridad*, p. 55-56, 123-125 y 133.

BIBLIOGRAFÍA

(Las referencias de especial interés
para los jóvenes se marcan con un asterisco *)

LIBROS

Briggs, Katharine M. *A Dictionary of British Folk-Tales*. 4 vols. Bloomington, IN: Indiana University Press, 1967.

Briggs, Katharine M., y Tongue, Ruth L. *Folktales of England*. Chicago, IL: University of Chicago Press, 1965.

*Brunvand, Jan H. *The Mexican Pet: More New Urban Legends and Some Old Favorites*. Nueva York: W. W. Norton & Company, Inc., 1986.

*———. *The Vanishing Hitchhiker: American Urban Legends and Their Meanings*. Nueva York: W. W. Norton & Company, Inc., 1981.

Burnham, Tom. *More Misinformation*. Nueva York: Lippincott & Crowell, 1980.

Carrington, Hereward, y Fodor, Nandor. *Haunted People: Story of the Poltergeist Down the Centuries*. Nueva York: New American Library, Inc., 1951.

Collison-Morley, Lacy. *Greek and Roman Ghost Stories*. Oxford, Inglaterra: B. H. Blackwell, 1912.

*Creighton, Helen. *Bluenose Ghosts*. Toronto: Ryerson Press, 1957.

Curtin, Jeremiah. *Tales of the Fairies and the Ghost World: Irish Folktales from Southwest Munster*. Londres: David Nutt, 1895.

Ellison, William H., ed. *The Life and Adventures of George Nidever*. Berkeley, CA: University of California Press, 1937.

Hare, Augustus, J. C. *The Story of My Life*. Londres: George Allen & Unwin, Ltd., 1950. Un compendio de los volúmenes 4, 5 y 6 de *The Story of My Life*: George Allen, 1900.

Haynes, Renee. *The Hidden Springs: An Enquiry into Extra-Sensory Perception*, ed. rev. Boston, MA: Little, Brown and Company, 1973.

Hole, Christina. *Haunted England: A Survey of English Ghost-Lore*. Londres: B. T. Batsford, 1950.

*Johnson, Clifton. *What They Say in New England and Other American Folklore*. Boston, MA: Lee and Shepherd, 1896. Reedición, Withers, Carl A. ed. New York: Columbia University Press, 1963.

*Jones, Louis C. *Things That Go Bump in the Night*. Nueva York: Hill and Wang, 1959.

*Kipling, Rudyard. *The Jungle Book*. Nueva York: Harper and Brothers, 1893. [Disponible en español bajo el título: *El libro de la selva*.]

Lüthi, Max. *Once Upon a Time: On the Nature of Fairy Tales*. Bloomington, IN: Indiana University Press, 1976.

*O'Dell, Scott. *Island of the Blue Dolphins*. Boston, MA: Houghton Mifflin Company, 1960. [Disponible en español bajo el título: *La isla de los delfines azules*.]

Randolph, Vance. *Ozark Superstitions*. Nueva York: Columbia University Press, 1947. Reedición: *Ozark Magic and Folklore*. Nueva York: Dover Publications, 1964.

Roberts, Leonard W. *Old Greasybeard: Tales from the Cumberland Gap*. Detroit, MI: Folklore Associates, 1969. Reedición, Pikesville, KY: Pikesville College Press, 1980.

Rogo, D. Scott. *The Poltergeist Experience*. Harmondsworth, Inglaterra: Penguin Books Ltd., 1979.

*Schwartz, Alvin. *More Scary Stories to Tell in the Dark*. Nueva York: J. B. Lippincott, 1981. [Edición en español: *Más historias de miedo para contar en la oscuridad*. Barcelona y México: Editorial Océano, 2017.]

*———. *Scary Stories to Tell in the Dark*. Nueva York: J. B. Lippincott, 1981. [Edición en español: *Historias de miedo para contar en la oscuridad*. Barcelona y México: Editorial Océano, 2017.]

*————. *Telling Fortunes: Love Magic, Dream Signs, and Other Ways to Tell the Future*. Nueva York: J. B. Lippincott, 1987.

*————. *Tomfoolery: Trickery and Foolery with Words*. Filadelfia, PA: J. B. Lippincott, 1973.

Shattuck, Roger. *The Forbidden Experiment: The Story of the Wild Boy of Aveyron*. Nueva York: Farrar, Straus & Giroux, Inc., 1980.

*Shelley, Mary W. *Frankenstein, or the Modern Prometheus*. Indianápolis, IN: The Bobbs-Merrill Company, Inc., 1974. [Disponible en español bajo el título: *Frankenstein, o el moderno Prometeo*.]

Thompson, Stith. *The Folktale*. Berkeley, CA.: University of California Press, 1977.

————, ed. *Folk Tales and Legends*. The Frank C. Brown Collection of North Carolina Folklore, vol. 1. Durham, NC: Duke University Press, 1952.

Tongue, Ruth L. *Forgotten Folk-Tales of the English Counties*. Londres: Routledge & Kegan Paul Ltd., 1970.

Van Paassen, Pierre. *Days of Our Years*. Nueva York: Hillman-Curl, Inc., 1939.

Widdowson, John. *If You Don't Be Good: Verbal Social Control In Newfoundland*. St. John's, Terranova: Memorial University of Newfoundland, 1977.

Woollcott, Alexander. *While Rome Burns*. Nueva York: The Viking Press, Inc., 1934.

Yarborough, Willard, ed. *The Best Stories of Bert Vincent*. Knoxville, TN: Brazos Press, 1968.

ARTÍCULOS

Balfour, M. C. "Legends of the Lincolnshire Cars, Part 2." *Folklore* 2 (1891): pp. 271-278.

Bertillion, L. D. "The Lobo Girl of Devil's River." *Straight Texas* XIII, publicación de la Texas Folklore Society (1937): pp. 79-85.

Cox, John H. "The Witch Bridle." *Southern Folklore Quarterly* 7 (1943): pp. 203-209.

Fife, Austin E. "The Wild Girl of the Santa Barbara Channel Islands." *California Folklore Quarterly* 2 (1943): pp. 149-150.

Fine, Gary A. "Mercantile Legends and the World Economy: Dangerous Imports from the Third World." *Western Folklore* 48 (1989): pp. 153-162.

Graves, Robert. "Praise Me and I Will Whistle to You." *The New Republic*, 1 de septiembre de 1958: pp. 10-15.

Jones, Louis C. "The Ghosts of New York: An Analytical Study." *Journal of American Folklore* 57 (1944): pp. 237-254.

Lawson, O. G., y Porter, Kenneth W. "Texas Poltergeist, 1881." *Journal of American Folklore* 64 (1951): pp. 371-382.

Lüthi, Max. "Parallel Themes in Folk Narrative and in Art Literature." *Journal of the Folklore Institute* 6 (1967): pp. 3-16.

The New York Times. Artículos de 1958 que abundan sobre los sucesos narrados en "El problema" (páginas 89-96 de este libro): ejemplares publicados los días 3, 6, 7, 9, 20, 22, 24, 25 y 27 de febrero; así como 6, 26 y 29 de marzo.

———. "Stranger in the Night." Metropolitan Diary, Mar. 3, 1982, p. C2.

Parler, Mary Celestia. "The Wolf Boy." *Arkansas Folklore* 6 (1956): p. 4.

Wallace, Robert. "House of Flying Objects." *Life*, 17 de marzo de 1958, pp. 49-58. Sobre los sucesos narrados en "El problema" (páginas 89-96 de este libro).

Ward, Donald. "The Return of the Dead Lover: Psychic Unity and Polygenesis Revisited." *Folklore on Two Continents: Essays in Honor of Linda Dégh*, pp. 310-317. Eds.: Nikolai Burlakoff y Carl Lindahl. Bloomington, IN: Trickster Press, 1980.

Widdowson, John. "The Bogeyman: Some Preliminary Observations on Frightening Figures." *Folklore* 82 (1971): pp. 90-115.

AGRADECIMIENTOS

Agradezco a los muchos niños y niñas que pidieron este tercer libro de historias de miedo. Espero que les guste. También agradezco a las personas que compartieron sus historias conmigo, y a los bibliotecarios y archivistas de la Universidad de Maine (Orono), la Universidad de Pensilvania y la Universidad de Princeton, por su ayuda en mi investigación. Agradezco a Joseph Hickerson de la Biblioteca del Congreso por identificar la música popular basada en la leyenda del "viajero fantasma". Y estoy en deuda como siempre con mi esposa y colega, Barbara Carmer Schwartz, por sus muchas contribuciones.

A. S.

Esta obra se imprimió y encuadernó
en el mes de agosto de 2017, en los talleres
de Impregráfica Digital, S.A. de C.V.,
Calle España 385, Col. San Nicolás Tolentino,
C.P. 09850, Iztapalapa, Ciudad de México

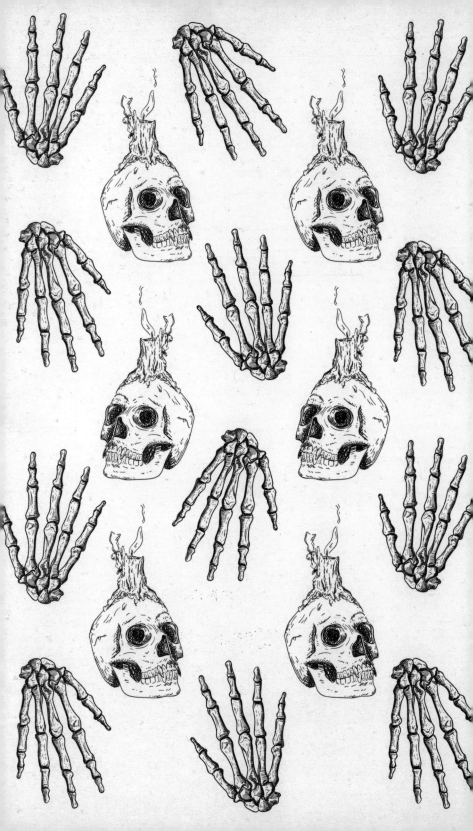

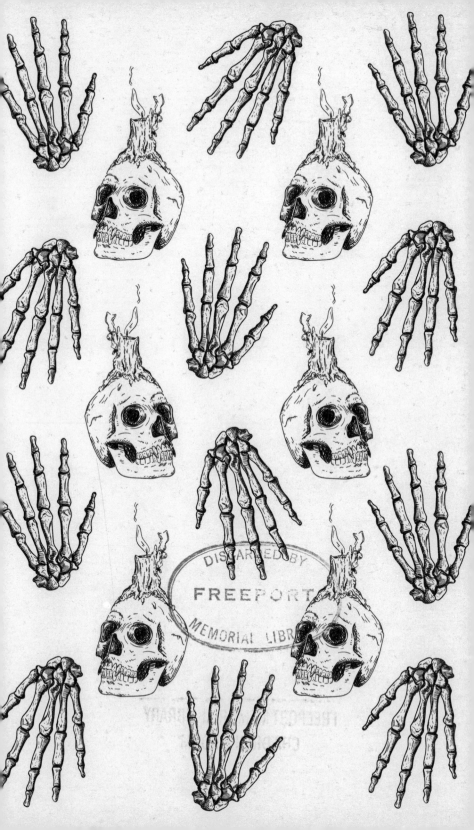